KB104807

Object Lessons 1

호텔

HOTEL
by Joanna Walsh
First published 2015 by Bloomsbury Academic, an imprint of Bloomsbury Publishing Inc., New York, as part of the Object Lessons series, a book series about the hidden lives of ordinary things. This translation published by arrangement with Bloomsbury Publishing Inc., New York, through Shinwon Agency Co., Seoul.

호텔

1판 1쇄 2017년 9월 15일 펴냄
1판 2쇄 2017년 10월 31일 펴냄

지은이 조애나 월시. 옮긴이 이예원. 펴낸곳 플레이타임. 펴낸이 김효진. 제작 인타임.

플레이타임. 출판등록 2016년 4월 20일 제2016-000014호. 주소 서울시 양천구 신정이펜1로 51, 410동 101호. 전화 02-6085-1604. 팩스 02-6455-1604. 이메일 luciole.book@gmail.com. 플레이타임은 리시올 출판사의 문학·에세이 브랜드입니다.

ISBN 979-11-961660-3-8 04800
ISBN 979-11-961660-0-7 (세트)

Object Lessons 1

호텔

조애나 월시 지음

이예원 옮김

PLAY
TIME

차례

일러두기

1. 본문의 각주는 모두 옮긴이 주입니다. 본문에서 옮긴이가 첨가한 내용은 대괄호([ ])로 묶어 표시했습니다.
2. 원서에서 이탤릭체와 대문자로 강조한 표현은 고딕체로 표시했습니다.
3. 단행본에는 겹낫표(『 』)를, 논문, 단편소설, 시, 회화, 영화, 연극 등에는 낫표(「 」)를 사용했습니다.

1부

호텔 유랑

1
호텔 유령

사람들 거개가 호텔을 싫어한다.

조지 오웰, 『파리와 런던의 따라지 인생』

한동안 호텔을 전전하며 살던 때가 내 삶에 있었다.

그 시기에 호텔에서 보내지 않은 시간은 곧 내가 살아 있지 않은 시간이었다. 그러한 예외의 시간 안에서 나는 곧 떠날 결혼 생활의 언저리를 유령처럼 맴돌았다. 집에 비할 곳이 어디에 있겠냐마는 집이 더는 장소로 기능한다고 말할 수 없는 지경에 이르렀기에 나는 다른 곳으로 다른 무언가를 찾아 나섰다.

그러다 스타트업 웹사이트를 위해 호텔을 품평하는 호텔 리뷰어가 되었다. 돌아볼 거리는 수두룩했다. 나는 그랜드 호텔과 부티크 호텔, 저가 호텔과 값비싼 호텔, 도심의 호텔(대개 이 축에 속했다)과 시골 호텔(이 경우는 훨씬 드물었다)을 평가했다. 호텔마다 하루나 이틀, 길게는 사흘을 묵었다. 계획만 잘 짜 두면 뜨는 시간 없이 몇 주고 호텔을 전전하며 살 수 있었다.

호텔에서 난 뭘 찾고자 한 걸까? '집 떠나 집'? 그랬는지도.

내가 거쳐 간 호텔 중에는 어린 내가 꿈꾸어 봤으리라 왕

왕 상상해 오던 대저택을 닮은 곳도 있었다. 사냥 장면을 담은 화폭과 도처의 타탄 체크무늬가(카펫서부터 사벽과 침대보까지 몽땅!) 귀족적인 배경담을 속삭이는 공간들이었다. 또한 버섯처럼 간소한 것이 흡사 젠禪 정원 같은 호텔도 있었으며, 내실에서 맞닥뜨린 내 머리를 훌쩍 넘어서는 공단貢緞 침대 머리와 단추 박힌 우단 의자들이 나를 단숨에 앨리스화해 이상한 나라에 진입한 양 고분고분해지고 마는 호텔도 있었다. 집을 능가하는 공간이 되겠노라 작정한 듯이 솔기 하나 내보이는 법이 없는 호텔도 있었다. 내부 벽면을 비추는 상향 조명이 달린 이러한 콘셉트 호텔에서는 통째로 흰 고무를 바른 객실과(침대 발치에 신발 자국이 군데군데 남아 있었다) 불 하나 달리지 않은 복도, 딸깍 스위치의 조작만으로 색깔이 달라지는 벽과 검정색 두루마리 휴지가 나를 맞았다.

어떤 호텔은 집과 한결 더 가까워지고자 안달하며 로비에 '라운지'와 '도서관'을 들이기도 했다. 대개 몹시 적은 권수가 솜씨껏 진열돼 있었고 어둠에 잠긴 우묵한 구석서 각기 제 표지를 부라렸다. 이 중 대다수는 예술 서적으로 특히 사진(예컨대 풍경, 여행, 건축 사진) 관련 책이 주를 이루었고, 호텔과는 집만큼이나 격조한 곳을 소재로 삼고 있었다. 무던하고 무심스럽기가 로비의 인위적으로 길들인 가죽 의자들과 매한가지인 공간들이라, 그나마 의자에는 미리 준비해 온 안락함이라도 꺼내 깔고 앉는다 쳐도, 이러한 '라운지'니 '도서관' 공간은 내가 편히 몸을 맡길 만한 곳이 못 되었다. 간혹 옆에 '양심' 바가 딸린 경우도 있었는데, 개별 이용자의 양심에 맡긴다는 전제 하에 무인으로 운영되는 이러한 바는 당연히 그 이름만으로도 사람을 시험하기 십상이었다. 바라면 응당 갖춰야 할 술병에 그치지 않고 케이크와 비스킷류까지 마련해 둔 양심 바도 더러 있었으나, 과연 내가 마지막 남은 저 한 조각을 집어도 괜찮은 걸까, 혹여나 이 지극히 공적인 사적 행위 와중에 케이크 부스러기를 묻힌 채로 적발되는 것은 아닐까 의문이었다. 이러한 공간들은 호텔의 회전 출입문과 지나치게 근접해 있기 마련이어서 그 위치상 냉랭하기도 하거니와 찾는 사람이 거의 없었고 그런 점에서는 조식 때 말고는 대개 비어 있는 호텔 레스토랑들과 같았는데, 호텔 조식의 경우 반드시 투숙비에 포함되는 것은 아니었다.

내가 리뷰를 맡은 첫 호텔은 그랜드 호텔◊ 급인 동시에 부티크 급에도 속했다. 도심 한복판에 사벽이 둘린 정원이 들어서 있고 그 정원 안에 삼백 년 된 타운하우스가 서 있으니 바로 이 타운하우스를 터로 잡은 새 호텔이었다. 이 호텔은 프라이버시를 고유한 장점으로 내세운 곳이었으나 그럼에도 호텔 주인들은 호텔에 대한 공개적 평가를 원했다.

프랑스 태생 지배인이 정원으로 날 마중 나왔다. 지배인은 내게 사과했다. "디자이너가 꽃을 원하지 않았습니다. 꽃은 아무래도 좀…… 저속한 감이 있지요. 저희는 정원이 호텔과 같길 원했습니다. 저희 호텔에는 프라이버시를 즐길 수 있는 공간이 많이 구비돼 있습니다. 입구에 이름이 없는 것도 그 이유에서입니다. 손님들이 직접 호텔을 찾으셔야 해요, 비밀

◊ 대개 규모가 크고 호화로우며 서양 전통 건축 양식에 따라 지은 건물에 자리한 호텔.

을 찾듯이요."

나도 호텔을 찾느라 애를 먹긴 했다. 팔월의 뙤약볕 아래 바퀴 달린 여행 가방을 끌고 자갈 깔린 언덕길을 오르며 헤매야 했다. 돈을 지불하는 투숙객이라면야 택시를 타고 찾아올 호텔이었다. 객실 요금이 이를 전제하고 있었다.

지배인과 나는 판유리 문을 밀치고 로비로 들어섰다. 로비는 아름다웠다. 표면마다 거울처럼 선명했으며 눈이 부셨다. 대리석이 깔리고 거울이 달렸으며, 반짝이는 벽면 곳곳에 들인 유리장에 판매품이 진열돼 있었다. 페이스 크림, 기념 장신구, 양식 진주 귀걸이마다 가격표가 조신하게 붙고, 한 진열장 안에는 18세기에 작성한 이 건물의 매도 증서가 곧 바스러질 모습으로 얇은 유리판 사이에 샌드위치돼 있었다. 로비에는 의도적으로 미스매칭한 현대식 복고풍 의자와 도금한 골동품 의자 여러 개가 세 덩이 무리로 나뉜 채 적절히 배치돼 있었는데, 그 중 후방 편대에 속하는 의자 무리 가운데에서는 뚱뚱한 남자 하나가 전화를 받고 앉아 있었다. 호전적인 외모와 벗겨진 머리, 작고 네모진 턱수염으로 미루건대 호텔에 케이터링을 공급하는 업체 업자나 잠시 거쳐 가는 영화감독이 아닐까 싶었다. 줄무늬 진 셔츠가 요란했다. 가죽 재킷은 디자인이란 명목 하에 공교한 솜씨로 적절히 낡아 보이게 처리한 것이 아니라면 동네 거리 시장서 구입한 것으로 보였다. 아무튼 상당한 재력가인지도 모를 일이었다. 웬만한 것은 신경 쓸 필요도 없을 정도로 부자인 사람 말이다.

데스크 직원이 내게 열쇠를 건넸다. 나는 짐을 내려놓고 호텔 용어의 세계로 체크인했다. 호텔업계는 동어반복과 싱거운 말장난이 난무하는 세계다(언젠가 밀라노역에서 차창 밖으로 '터미널 호텔'이라는 이름을 본 적이 있다). 호텔어는 일상어와 평행선을 긋는데, 그도 그럴 것이 휴가 중에 집에서와 다름없이 행동하는 사람이 어디 있어야지. 그리하여 호텔어는 궁여지책을 향해 자발없이 달음질쳐 가며, 안면 없고 궁합도 맞지 않는 어휘들을 기이한 조합으로 짝 맞추곤 한다. 예컨대 '라운지-바'니 '휴가-액티비티'니 '호스피탤리티-수이트'처럼. 이 기묘한 언어 칵테일 중 일부—'필로우-메뉴', '미니-바'—는 대수롭지 않게 넘기기가 상당히 어려운데도 말이다.

호텔은 한때 집을 칭하는 단어였는데 어느 시점에선가 다른 갈래로 접어들었다. 이제 고유명사로서의 '호텔'은 '차별성'을 의미하게 되었고, 때에 따라 이러한 차별성은 도치, 즉 뒤바뀐 어순의 형태를 띠기도 하며('호텔 스플렌디드'라고 자랑스레 선언할 수 있는데 뭐 하러 '스플렌디드[한] 호텔'이라고 묘사만 하고 말겠는가), 전용轉用이 되기도 한다(고로 웨이터, 뒷마당, 주전부리 대신 메트르 디, 파티오, 타파스라고 말할 것). 호텔은 그 언어와 마찬가지로 정처를 모르고 유랑하는 습성을 지닌 터에 우리는 세계 각지에서 타지의 이름을 붙인 호텔들, 한두 도시씩 건너뛰어 자리바꿈한 호텔들을 목격하게 된다. 예컨대 파리의 오텔 브리스톨, 뉴욕의 호텔 런던, 베를린의 호텔 드 롬을. 지구를 핀 보드로 만드는 오리엔탈이니 스위소텔이니 인터컨티넨탈 들은 말할 것도 없고 말이다.

호텔이란 하나의 언어 체계인 걸까? 모종의 체계임에는 분명하다. 일련의 고정 요소로 여러 상이한 조합을 이루어 낸다는 점에서 그러하다. 모든 호텔은 해독을 부추기며 어느 호텔이고 죄다 '콘셉트 호텔'이다. 나는 내가 직접 본 적도 묵은 적도 없는 호텔들에 관한 글을 즐겨 읽는다. 시간상으로나 위치상 한 발 동떨어진 독자에게 한때나마 의미하는 바가 있었던 호텔들에 대한 글을 말이다. 조언 디디언이 호텔에 대해 쓴 글을 읽노라면 철저히 자기 지시적인 어휘의 구사가 황홀한 현기증을 유발한다. 실비아 플래스가 『유리종』*The Bell Jar*에서 호텔 아마존이란 이름으로 소설화한 호텔 바비존은 이중의 기표지만, 내겐 그 지시 대상이 존재하지 않는다. 이름과 씨름하기! 이러한 호텔들이 실제로 존재한들 그게 대수요, 실재한다 해도 내가 그곳을 방문할지 여부가 대수랴? 전혀 알지 못하고 그렇기에 더없이 고혹적인 미지의 대상이야말로 이름 들먹이기의 최고봉인걸.

내가 평가한 호텔 중 상당수가 그 근래 새 단장을 마치고 거듭난 곳이었는데, 그럼에도 새로이 개업하면서 이름만은 고수하는 경우가 흔했다. 호텔명으로 쓸 수 있는 단어의 수가 한정돼 있기라도 한 걸까? "어느 도시에고 '그랜드 호텔'은 있기 마련이죠." 라이어널 배리모어가 에드먼드 굴딩 감독의 1932년 작에서 이리 말한 바 있는데, 그 말을 뒷받침하듯 이 영화의 제목 또한 「그랜드 호텔」Grand Hotel이었다. 굴딩의 영화가 상영되던 시절만 해도 사람들은 특정한 목적을 갖고 건립한 호텔을 세련미의 절정으로 여겼고, 새로 지은 건물에는 새로이 고안해 낸 이름이 필요하다는 것이 당대 세론이기도 했다. 고로 스타우드(1930년 건립), 노보텔(1965년), 아코르(1967년). 근래 들어서는 용도 변경이 이러한 신조어의 발명을 대체했다. 동굴 속과 나무 위, 강 위, 심지어는 얼음 속까지,

집과 천차만별인 장소라면 어디에고 호텔이 솟고 있다. 내가 묵은 호텔 중에는 한때 궁궐이었거나 주차장이었거나 윤락업소였던 곳도 있었다. 이런 호텔들은 기존 거점을 떠나고 싶어 한다기보다는 공상에 가까운 조건 하에 재방문하고 싶어 한다. 지난날의 제 모습을 어렴풋이 간직한 유령으로 돌아오겠다는 속셈인 것이다. 과거의 '신형' 호텔들이 한결같은 객실을 자부심으로 내세웠다면, 새로운 '과거형' 호텔들은 객실의 차별화를 자랑으로 내세운다. 호텔 체인업체들이 우리를 예상 가능한 것의 범주에 동여매기 마련이라면(베를린의 한 게스트하우스를 두 번째로 찾았다가 실망한 키르케고르는 체크인을 하며 "돌이켜 본 사랑만이 유일하게 지복을 아는 사랑일지니"라고 결론 내리기도 했다[1]), 부티크 호텔들은 지리적 입지에 기반한 특유의 영향을 되레 내세우며 지역성을 미덕 삼는다. 그리하여 이 부류의 호텔들은 객실에 번호 대신 고유한 이름을 붙인다. 그만큼 개인에 맞춤한 듯한 사적인 느낌을 풍기지만, 그렇다고 당신 개인에게 맞춘 것은 물론 아니다. 오히려 호텔은 당신이 특정 객실의 욕망에 스스로를 맞추면 처음 도착했던 때에 비해 더 탄탄하고 세련되고 힙한 모습으로 호텔 바깥 세계로 되돌려 주겠다고 약속하는 셈이다.

파리에는 심지어 오텔 드 라브니르, '미래 호텔'이라는 곳도 있다. 나는 묵어 본 적 없는 호텔이다.

"나는 호텔을, 저열한 축에 속하는 호텔까지도, 유토피아로 여긴다." 시인이자 문화 평론가인 웨인 쾨스튼바움이 『호텔론』*Hotel Theory*이라는 저서에서 이렇게 말했다. 호텔리어들은 대체 어떤 수로 이걸 성취해 내는 거지? 난 진심으로 궁금하다. 아니, 정확히는 그러는 이유가 궁금하다. 밑도 끝도 없는 낙관, 밑도 끝도 없는 아량, 인간 욕망의 본성에 대한 밑도 끝도 없는 냉소를 지니지 않고서야 누가 이 업계에 발 들일 수 있겠는가? 나만 해도 다른 양태의 삶을, 아니 다른 사람의 삶의 양태를 몸에 걸쳐 보고자 여기 와 있는걸. 단 '내 삶'의 다른 형태가 아닌 '이상적인 삶'에 대한 타인의 그림을, 그것도 내 호주머니 사정에 맞춰 재단한 그림을 걸쳐 보러 온 것을. 욕실에 걸린 타월 가운처럼 말이다. 걸친 느낌은 좋은데 몸에 영 맞지를 않는다. 그래도 나는 굳이 걸칠 것이다. 이제 카드 열쇠를 홈에 집어넣는다. 손잡이가 돌아간다. 들어왔다.

이 호텔은 검정색을 유난히 밝히는 모양이다. 흰색도 그렇다. 객실 바닥이 슬레이트로 돼 있다. 거대한 침대가 방 중앙에 놓인 단으로부터 희푸르니 솟는다. 침대에 다가서는 길에 나는 참배자처럼 허청대며 바닥의 검은 심연에 발을 헛디딘다. 몸을 털고 일어난다. 내 침대는 대략 1.8제곱미터, 어쩌면 2.1제곱미터도 될 듯하다. 확인차 골디락스로 분해 몸을 침대 위에 가로누여 본다. 침대 너비가 내 키보다 크다.

막상 안에 들어왔으니 이제 무얼 한다? 머릿속으로는 책과 종이 더미가 널린 침대에서 오후 내내 일하는 모습으로 내 호텔-자아를 그려 왔다만, 막상 닥치니 어쩐지 발동이 걸리질 않는다. 호텔어가 표면적으로 아무리 혁신을 꾀하고 '경험'을 제공하려 한들, 실상 그 존재 이유는 투숙객을 진정시키고 편안한 휴식을 유도하는 데 있다. 식원들은 장황하게 격식 차린 문장으로 밀어를 속삭인다. "물론이죠" 대신 "천만의 말씀입니다"라고 대답하거나 "고객님께 도움이 되었다니 기쁩니다"

라고 말하라고 '우수 고객 서비스' 및 '프런트 데스크 수익 최적화'를 위한 연수 프로그램 제공자 더그 케네디는 조언한다. 호텔은 기본적으로 음량이 낮춰진 곳, 능동태가 문제가 되는 공간이다. 수동태는 시계-시간을 기피하며 책임을 분산한다("저희 호텔은 여덟 시에 석식을 제공합니다"가 아니라 "여덟 시에 석식이 마련됩니다"라고 말한다). 호텔에 머무는 것은 집에 사는 것과 결코 같을 수 없다. 호텔이란 능동적인 'doing'이 부재하는 곳이고, 그조차도 선택에 의한 것은 아니다. 『티파니에서 아침을』*Breakfast at Tiffany's*의 골라이틀리 양처럼 나 또한 명목으로는 '여행 중'이나, 그런데도 용케—여행하는 와중에—이미 당도해 있다.

그렇게 당도한 호텔 객실에서는 뭘 해야만 하나? 나는 이렇다 할 단서를 찾아 주변을 살핀다. 내 호텔 방에 놓인 일부 물건은 보기에는 예뻐도 다만 쓰이고자 존재하는 것들이라 딱히 영감을 주진 않는다. 그 외에 순전히 장식적 가치만을 지닌 물건들은 답이 없는 수수께끼나 마찬가지고. 호텔 객실이 던지는 만고의 질문은 내게 허용된 범위는 무엇인가이다. 커튼을 쳐야 하려나, 그런데 줄이 달리긴 했나? 에어컨은 어떻게 조작하지? 와이파이 비밀번호는 뭐지? 창문을 열어도 되나? 객실 한쪽 벽면에는 명성 있는 그래픽 아티스트가 스텐실 작업으로 손수 그려 넣은 금박 뱀이 있다. 손을 내밀어 뱀을 쓰다듬어 본다. 자글자글한 합성칠이 비늘처럼 일었다. 벽지 안에 누름 단추가 숨어 있다. 그 중 하나를 누르고 뱀의 머리 부근에 귀를 대자 옅게 쉭쉭거리는 소리가 들린다. 그러고 돌아서는 찰나, 간이 탁자에 아슬아슬하게 세워져 있던 아무 쓸모

없는 보라색 액체로 채워진 꽃병이 균형을 잃고는 무음 기능을 켠 텔레비전 만화 속 다이아몬드처럼 카펫 위로, 소리 하나 안 내고, 구깃구깃 쏟아져 내린다. 내 잘못인가? 호텔 침실이란 좌절을 부르는 곳이다. 살면서 나 역시 그 부름에 여러 번 응해 왔으며, 나란 사람은 뭐든 부수거나 고장내지 않고는 무사히 호텔에 지내다 가는 법이 없는 사람임을 끝내 인정해야 했다. 내 내부의 올가미들은 또 어떻고. 예컨대 팁은 얼마나 줘야 하며 룸서비스는 언제 불러야 하는 걸까? 요구는 최소한으로 한정하고 까탈은 최대한 부리지 않도록 훈련이 된 만큼, 사실 난 이 일에 부적격한 사람이다. 손님이 되려면 우선 내 욕망의 지평선을 조정하는 법부터 배워야 한다.

누군가 방문을 두드린다. 지배인이 증정품을 전하러 왔다.

"객실은 만족스러우신지요?"

"아주…… 환상적이네요."

"제가 욕실 한번 보여 드리도록 할까요? 필립 스탁 영향이 강하답니다. 영향이다, 이 말이 맞나요?"

"네."

대부분의 집에 샤워 칸밖에는 들일 자리가 없는 도시에서 전용 욕실이 딸린 이 앙수이트en-suite 객실은 심지어 욕조까지 구비하고 있다. 침대만큼이나 희고 크기도 얼추 비슷한 욕조로 그 안에서 목욕하는 사람은 대리석 판에 늘어놓은 표본처럼 보일 수밖에 없을 터. 나는 달걀처럼 생긴 변기를 눈여겨본다. 침대와 마찬가지로 이 변기도 너무 높나 싶나. 검은 두루마리 휴지 옆에 대타로 제공되는 흰색 두루마리가 나란히 놓여 있고 선반 위에는 '바바파파 노스트레스'가 있다. 눌러 가면서 스트레스를 해소한다는 이 장난감에는 객실 비용에 포함된 물건이 아님을 명시한 셀로판 띠지가 둘러 있다.

"저희 호텔은 부티크 호텔인 만큼 여러 아이템을 구비해 두고 있답니다." 지배인이 설명한다.

내가 아는 한 '부티크'라는 분류는 호텔의 규모와 독립성을 지칭하는 것이지 기타 부대 상품을 판매한다는 뜻인지는 몰랐는데 말이다.

지배인이 침대 머리맡에 놓인 메뉴를 가리킨다. 메뉴에 따르면 이곳에서는 가격을 뻥튀긴 여러 토이를 판매하고 있다. '에로틱' 초콜릿이며 젤리 맛 콘돔 등등. '노스트레스' 외에도 막대 향과 '진정시키는' 거품 목욕제를 판다고 한다. 투숙객에게 갖은 유락을 값을 매겨 부추기고는, 그로 인해 파생되는 여러 피곤한 부작용을 덜어 줄 상품까지 내미는 격이다. 어느 쪽이건 사탕처럼 알록달록한 색상을 띠고 있다. 욕실에는 정곡을 찌르는 안내문이 하나 있다. '호텔 기념품을 간직하고 싶어 하시는 투숙객을 위해 프런트 데스크에 호텔 가운이 유료로 마련돼 있습니다.' 이 호텔은 나를 신뢰하지 않는다. 하기야 놀랄 일도 아니다. 이 공간에 옳고 그름은 존재하지 않으니까. 침대 머리맡 서랍장엔 어김없이 『성경』이 들었을 테지만, 그렇대도 이곳은 통상의 도덕률이 통하지 않는 곳이다. 이건 내 휴가, 내가 내게 주는 선물이 아니던가. 난 마땅히 내 몫인 것을 찾고자, 아니 그 이상을 누리고자 온걸. 인생이 내게 안긴 쓰라린 좌절과 실망이 나로 하여금 좀도둑질 형태로 앙갚음하도록 부추길지언정, 그리하여 설사 그 충동을 따른들 내가 치른 값에 상응하는 몫을 받아 낼 수나 있을까?

어쩌다가 내가 호텔 신세가 된 거지? 열분이 일지만 난 이조차도 나직이 속삭여 말한다. 하지만 언제고 필요하면 소리껏 열광할 테다. 내 앞에 무엇이 놓이건 그로부터 즐거움을 누릴 테다, 집에서도 내가 과연 그것을 즐거움으로 여길지 불확실하기에. 호텔을 한 바퀴 돌자고요? 리뷰에 도움이 될 거라고요? 그럼요, 기꺼이요. 나는 지배인의 뒤를 따른다. 그리고 그가 잠긴 객실 문을 하나씩 열어젖힐 때마다, 문지방을 넘어 투숙객이 풀어 놓은 짐이며 옷가지와 마주할 때마다, 의자 등받이에 올라탄 속옷을 발견하거나 붙박이 조명을 고치려 싱크대에 올라선 전기 기술자의 놀란 얼굴을 맞닥뜨릴 때마다, 휴지통을 가득 채운 빈 병을 내가는 청소 인력을 만날 때마다, 우리 두 사람은 살갗을 파고드는 무안함을 느낀다. 그보다 한층 더 민망한 것은 (손님이라면 모든 것의 가치를 한눈에 파악할 수 있되 그 어느 것의 가격도 눈치채서는 안 되는 이 호텔 세계에서) 서서히 그 속살을 드러내는 호텔의 속셈이다. "이 객실이 저희 호텔에서 가장 고가인 객실에 속합니다." 내 가이드가 마지못해 털어놓는다. "여성 분들에게 어필하도록 디자인된 객실, 알뜰함을 먼저 생각하는 가족 단위 고객을 고려한 방……. 이 객실은 특별히 '로맨스를 위해 장비한' 방입니다."

"대형 호텔들과는 차별성을 두고자 했답니다." 프랑스어 억양의 영어로 지배인이 말한다. "저희 호텔에는 수이트 객실이 일곱 개뿐입니다. 공간만 봐선 열다섯 개도 들어가지만요. 규모가 큰 호텔들은 왠지 좀…… 무심한 느낌이 들 때가 있죠. 저희는 호텔을 정감 가는 곳으로 만들고 싶었습니다. 저희 고스트들('게스트'의 모음이 지배인의 억양과 만나 '고스트'로 분한다)이 집처럼 아늑한 기분을 느끼길 원하거든요……. 고스트하우스에서와는 달리요. 그렇다고 호텔이 마냥 집 같을 수는 없겠지요. 저희는 고스트들이 아무런 간섭도 받지 않기를 바랍니다. 원치 않는다면 다른 고스트들과 말을 섞을 필요도 없어야지요."

그러나 욕망은 그리 쉽게 속일 수 있는 대상이 아니기에, 저 자신과 제 요구에 응해 당도하는 것 사이에서 괴리를 발견하기 마련이다. 그 간극에서 혐오가 타일 틈새에 낀 곰팡이처럼 피어오른다. 내가 친밀함에서 벗어나고자 여기 왔다는 것을 이 지배인은 왜 이해 못하지? 하지만 내게는 유령을 피할 방도가 없다.

에드먼드 굴딩 감독의 1932년 작 「그랜드 호텔」 속 그레타 가르보처럼 나는 혼자이고 싶었으나 사실상 한시도 혼자 있도록 놔둬지지 않았다. 다른 투숙객들은 문제가 되지 않았다. 이들 또한 어디선가 벗어나고자 이곳에 온 듯했다. 대신에 투숙객이 아닌 다른 고스트들, 마스터키를 가진 유령들이 내가 실크 끈에 매달린 판지 토템을 문고리에 빗장 지르듯 매달지 않는 한 아무 예고도 없이 내 방에 몰래 잠입해 들었다. 이 유령들은 저희 존재를 알리는 자잘한 흔적을 남겼다. 신문, 세모꼴로 접힌 이불 귀퉁이, 베개 위에서 녹아 가는 초콜릿, 삼각꼴로 접힌 두루마리 휴지—때론 접힌 휴지가 이들의 방문을 알리는 유일한 단서였다. 그런데 복도에서는 저희 존재를 숨기려고 하지조차 않았다. 희한한 일이었다. 막상 내 객실 문밖에서는 육신을 띠고 보란 듯이 내 앞을 오가며 저네 그 소소한 보물들을 키다리 선반형 트롤리에서 흘리는 것을 보면 말이다. 내 방 안에서는 과연-있기나-했던-걸까의 안개 속으로 흩어지고 말면서, 아침만 되면 트롤리를 끌며 로비를 지나던 유령 하나가 식사하러 나선 내 앞을 으레 가로막았다.

유령은 과거의 행위를 반복함으로써 현재를 지운다. 그게 곧 홀림이자 유령의 출몰이다. 내가 호텔을 전전하며 찾고자 한 게 이거였던 걸까, 유령에 씌는 것? 내 손으로 청소하지 않은 반짝이는 욕실을, 내 손으로 정돈하지 않았으나 내가 방을 나가기만 하면 매번 마법같이 말끔히 정리되는 침대를, 내 자취와 내 존재마저 끊임없이 매만져지고 곧게 펴져 사라지는 걸? 티 없이 깨끗하지만 그럼에도 나 이전에 그리도 많은 사람이, 나이 들고 어린, 아프고 건강한, 한 쌍이고 홀몸인 이들이 몸을 누이고 잠을 청한 침대보와 이불을 원했던 걸까? 방 안 사물들과 나 사이를 비집고 드는 위생적인 종이 쪼가리며, 변기에 가로놓인 '폴리스 라인: 출입 금지' 띠지며, 단 한 명의 최종 소비자를 염두에 둔 낱개로 포장된 미니어처 비누를?

하지만 호텔은 유령이 성공적으로 깃들 수 있는 장소가 결코 아니다. 호텔 유령들이 아무리 겉시늉해 봤자 정작 유령이 출몰하는 곳, 귀신에 씌었다고 말할 수 있는 곳은 호텔이 아니라 집이고(그것도 대개 대저택), 집 안팎을 서성이며 맴도는 유령은 친족 유령이거나 적어도 친분이 있는 유령이다. 유령은 주해요 주석이다. 손가락으로 가리켜 보이고, 우리에게 사실이 어땠는지를, 트루 스토리를 말해 주러 오는 존재. 반면에 호텔은 최신 유행에 맞춘 저희만의 역사를 고안해 내기 좋아하며, 투숙객인 당신의 방을 정돈할 때마다 그 역사를 다시 쓴다.

정착할 줄을 모르고 부동하는 호텔은 집이 될 수 없으며, '집 떠나 집'조차 될 수가 없다. 아니, 집과는 영영 격조할 사이다. 호텔은 집과 집다운 모든 것에 헤살을 놓는다. 유령이 산 사람에게 목격되어야만 존재할 수 있다면(우리 모두 죽어 있다면 유령은 우리 이웃밖에 안 된다), 호텔은 집으로부터 저 자신을 분리시키고 그럼으로써 정작 집의 존재를 부인하기보다는 입증한다.

지그문트 프로이트는 1919년에 발표한 에세이 「낯선 두려움」Das Unheimliche에서 하임리히heimlich라는 단어가 지닌 의미의 범주가 '집다운'homely에서 '사사로운'까지, '사적인'에서 '비밀한'까지 아우르며 이로부터 '부정직한'과 뒤이어 '야릇한, 해괴한, 소름 돋는'uncanny이라는 의미까지 확장된다고 말하면서, 또한 운하임리히unheimlich, 즉 집의 표면상의 반대란 다만 집다운 것들, 집과 관계된 것의 야릇한 내부 작용이 겉으로 드러난 것일 뿐이라고 했다.

어느 호텔이고 집의 시시비비에서 잠시나마 벗어날 기회를 제공하는 것처럼 보일지 모르나 이는 표면에 불과하다. 이것이 호텔의 비밀이다. 호텔은 운하임리히한 갈망에 계기를 제공한다. 마음에 차도록 만족스런 호텔이 그리도 적다는 사실, 이 사실도 그 눈속임의 일부일 수 있다. 우린 호텔서 우리의 욕망들을 마주하고는 처분할 수 있기를 바란다. 실상은? 욕망의 일시 보류, 냉동 처리다. 우리는 마비된다. 그런들 뭐? 때로는 아닌 것이 기인 것보다 더 호사롭고 장식적일 수 있는 걸. 다만 호텔을 짓는 과정에서 사람이라는 현실적 요소를 생략할 수는 없다. 호텔의 꽃은 그 손님들이다. 우리는 우리의 호텔들에 부응해야 한다. 우리는 진열대에 올랐다. 판매되고 있는 것은 바로 우리다. 흡혈귀들과는 달리 안으로 초대할 필요도 없다, 우린 제 발로 걸어 들어오니까. 우리는 제 돈 내고 머무는 호텔 유령이다.

호텔 지배인과 객실로 돌아와 보니 그사이 바닥에 깨져 있던 꽃병이 귀신이라도 들었던 듯 사라져 버렸다. 말 한마디도 없이 끝난 이야기가 되었다. 내가 저지른 잘못이 유령처럼 되살아나 날 못살게 구는 일은 벌어지지 않는다. 그 대신 난 결과를 두려워하지 않는 법을 배워야 한다.

* * *

다음 날 아침 식사하러 내려가는 길에 나는 주변 환경에 어느 정도 순응하는 뜻에서 립스틱을 바른다. 로비로 접어들면서 나는 시선들을, 입가의 미소들을 감지한다. 그 중에는 돈을 지불하고 산 시선과 미소도 있지만 내가 돈을 지불한 것은 아니다. 리뷰어로서 나는 호텔에 묵는 척, 다만 연기를 해 보이고 있을 따름이니까. 그렇기에 호텔 측에서 내 숙박비를 부담하고 있기는 하나 그렇다고 호텔이 내게 아무 대가도 바라지 않으리라고 생각하면 오산이다. 나는 소비자가 아니므로 호텔은 내가 작성하게 될 글을 통해 나를 소비할 것이다. 나는 한눈에 기능을 파악할 수 없는 기관계 속 아주 작은 장기에 불과하다. 나는 호텔의 맹장이다.

레스토랑에 도착하니 문이 닫혀 있다. 바깥 테라스를 보니 패션 잡지사에서 일하는 여자들 한 무리가 꽃 하나 없이 고상하게 우거진 대나무를 배경 삼아 꽃무늬 바지 정장을 입은 모델의 화보를 찍고 있다. 고가의 문틀에는 싸구려 철사 옷걸이에 드리운 고가의 드레스들이 걸려 있다. 문을 지나려면 옷자락 아래로 몸을 수그려야 한다. 왜 하필 이 호텔을 촬영지로 고른 거람?

힙한 호텔이란 한창 뜨는 골목의 궁궐이요 부르주아 동네의 게토다. 패션을 패션이게 만드는 것과 마찬가지로 힙한 호텔을 힙하게 만드는 것은 언제나 그 남다름이고, 이 차별성은 우리가 호텔 문간을 넘어서는 순간 몸에 걸치는 외로움 못잖게 필수적인 요소다. 패션 여자들이 정원 탁자 주위에 모여 앉았다. 탁상엔 색색가지 아이섀도 용기며 재떨이, 내팽개치듯 벗어 놓은 모자며 구두가 널려 있다. 여자들은 나와 마찬가지로 캐주얼 차림이다. 청바지, 컨버스 신발, 서플러스 재킷. 저이들에게 호의호식이란 낯익고 익숙한 것, 아주 친밀한 것에 해당한다. 그러니 호의호식을 권장하고 판매하되 그에 가담하지는 않는다.

아침 식사는 단념한 채 가방을 끌고 로비로 내려간다. 자갈 깔린 언덕길을 도로 털털 내려가 메트로역으로, 그리고 다음 호텔로 향할 참이다. 잘못을 범한 자에겐 휴식조차 호사인 법.

호텔이란 발 들이는 순간 벗어나고 싶어지는 곳이다. 적어도 데스크에서 각종 지도며 할인 입장권을 건네주려 기다리고 있는 접수원의 존재가 내게 알려 주는 바는 그렇다. 어느새 나는 진짜를, 진짜의 값싼 너절함을 간절히 바라는 내 모습을 발견한다. 호텔 밖으로 나가면 하트가 그려진 'I heart' 티셔츠와 도시의 기념물을 본떠 만든 스노글로브를 판매하는 가판대가 즐비하다는 걸 난 안다. 맛없는 테이크어웨이 커피와 그 맛없는 커피를 기꺼이 마시려 줄을 선 관광객들이 있다는 것도 안다. 나는 체크아웃한다.

영수증을 기다리면서 나는 전화번호부 두께의 건축 잡지들을 훑어본다. 수염 난 뚱보 남자가 여전히 혹은 또다시 의자 광장을 서성이고 있다. 정말 부자이려나? 부자들이 흔히 그렇듯 이 남자도 기본적으로 비위가 거슬린 사람처럼 보인다. 현관 근처의 안내문으로 눈길이 나를 안내한다. 로비에 마련된 디자이너 의자들은 임시 비품에 불과하댄다. 판매용인 것이다. 벽에 걸린 미술 작품들과 마찬가지로.

돈 많은 뚱보 남자가 일본 음식을 배달받는다. 구석 자리로 돌아가 음식을 꺼내기 시작한다. 반들거리는 분홍빛 스시가 커다란 쟁반 접시 두 개에 가득 담겼고, 투명한 흰빛의 찰진 쌀밥이 세 접시, 봉해진 누런 종이 봉투가 둘, 면 요리가 들었을 종이 상자 하나. 모두 그의 몫이다. 남자는 원하는 모든 것을, 아니 그 이상을 가졌다. 이곳 비밀 호텔이 보장하는 프라이버시의 테두리 안에서, 남자는 낮은 테이블에 용기를 가지런히 늘어놓고는 엉거주춤하게 허리를 숙인 자세로 젓가락을 집어들어 앞에 놓인 요리를 하나씩 차례대로, 끈질기고도 전혀 유쾌하지 않은 태도와 무신경한 얼굴로 비우기 시작한다. 배달 온 사람이 팁을 기다리며 서 있다. 그러다 이내 희미해진다. 팁은 끝내 못 받았다.

벨기에 철학사 라울 바네겜은 이러한 맞닥뜨림을 두려워했다.

"말과 몸짓과 시선 들이 얽히고 부대끼며 표적을 놓치고, 마구잡

이로 쏜 총알처럼 튕겨 나가며 저희가 빚는 지속적인 불안한 긴장감으로 오히려 한층 확실히 사살한다. 우리는 고작 낯부끄러운 괄호의 방벽을 몸 주위에 두를 뿐이다. 식탁 위로 팁을 미끄러트리는 이 손가락과(나는 이 글을 카페 테라스에서 쓰고 있다) 그걸 줍는 웨이터의 손가락처럼. 그리고 그 내내 정작 두 사내의 얼굴은, 저희가 동의한 이 파렴치를 숨기고자 안달하듯, 철저한 무관심으로 일관한다.”

그런데 난 어쩌면 호텔에서 이런 걸 원했던 건지도 모른다. 개인의 영역을 벗어난 무심함, 낯선 이에 둘러싸여 얻는 위안을. 질서정연한 존재 방식을. 영화에서 마주하는 유쾌한 사기와 마찬가지로 말이다. 영화에 등장하는 배우들이 디너 재킷을 갖춰 입은 웨이터들과 마찬가지로 끝에 가서는 청바지로 갈아입고 종업원 전용문을 빠져나가 각자 자기 모페드에 올라타거나 메트로역으로 껄렁껄렁 향해 가리란 걸 영화를 보는 모두가 알지 않나. 호텔은 퍼포먼스를 아는 이들을 위한 곳이다. 유령들, 배우들, 여자들……. 고객을 유지하려면 호텔은 연기의 원리에 대해 심도 있는 이해까지는 아니더라도 흡인력을 적정껏 자아낼 수 있을 정도는 파악하고 있어야 한다.

그렇다 해도 집만 한 곳이란 없는 법이고, 호텔들도 이걸 알고 있었다. 그리고 저희 결핍이 겸연쩍기라도 한 듯 호텔에 도착하는 내게 병원 하나를 메우고 남을 양의 과일 바구니며 꽃다발을 선사했다. 나는 와인을 병째 받기도 했으며 운 좋게는 샴페인도 제공받았다. 초콜릿 막대 사탕도 받았고 파스텔색 마카롱이 든 상자도 받았다(이건 집에서는 겪어 본 적 없는 일이다!). 한번은 묘하게도, 아침 식사 때 식탁 밑에 가방을 걸어 두라는 뜻으로 호텔 문장이 찍히고 법랑을 입힌 가방 고리를 선사받기도 했다. 이건 장식적인 물건에 해당했으나, 한편으로는 이 호텔에 머무는 동안 소지품을 분실하지 않도록 각별히 주의할 것을 넌지시 알리는 기능도 지니고 있었다.

잃어버릴까 봐 노심초사해야 하는 대상이 언제나 있기 마련임을 호텔은 내게 암시했다.

그렇다면 내가 얻은 것은 무엇인가? 나는 호텔 리뷰로 보수를 받지 않았는데, 그렇다고 그 호텔들이 약속한 도피에 대한 대가를 지불해야 했던 것도 아니었다. 도피와 함께, 나는 언제고 돌아올 가능성을 선사받았다. 이 호텔들은 나를 평생토록 붙잡아 두고 싶어 했다. 그 중 한 곳은 내가 떠날 때 금으로 된 자그마한 목걸이 장식물을 줬다. 목에 차고 다니길 바란 건가? 물론 그 장식물엔 호텔 로고가 새겨져 있었다. 다른 호텔은 열쇠고리를 줬고 또 한 곳은 화분에 든 수제 양초를 줬는데 둘 다 해당 호텔의 이니셜이 금박으로 새겨져 있었다. 그런다고 내가 그 호텔들을 다시 찾게 될까? 여러 다른 호텔을 리뷰하는 것이 내 일이기도 하고 또 그 호텔들 중에는 아무리 특별한 날이래도 평소 내 돈 주고 묵을 만한 곳이 거의 없었기에, 나는 끝내 어느 호텔에도 돌아가지 않았다.

호텔에 살며 채운 시간이 더 많았던 어느 한 달이 끝나 가던 어름에, 병이 났다. 마지막으로 묵은 호텔인 흰 돌벽이 둘린 중세 수녀원 건물 안의 젠 정원과도 같은 버섯 색깔 객실 내부에서, 어떻게 된 일인지 욕조에 온수를 채울 수가 없었다. 이게 내 탓인지 다른 사람 탓인지 더 이상 분간할 수조차 없는 지경에 이르기도 했거니와 수리를 요청하려 룸서비스를 부를 에너지마저 모두 소진했기에 결국 몸에 한기가 들었고,

그 길로 나는 집으로 갔다. 내게 기대되는 것들이 더 엄격하기는 하되 형식의 구애는 덜 받는 그곳에서는 내게 무엇이든 주는 사람이 있거든 그에 상당하는 보답 또한 바랄 터였다. 안방 문 뒤쪽에 요금표가 나붙고 그 옆에 대피 요령이 통지되는 일이야 없다 해도 말이다.

2부

여행 가방에서 찾은 히스테리의 단편들

2
호텔 프로이트

출연진 **프로이트** 정신분석가
도라 십대 소녀
메이 웨스트 섹스 심벌
그라우초 막스 멤버
친구 친구

1

도라는 십대 소녀로 어머니 아버지와 한집에 산다. 도라 아버지는 공장주고 어머니는 살림가다. 도라 어머니는 집안 병을 앓고 있다. 가정을 꾸리는 데 과하게 몰두하는 병으로, 집안 구성원들이 과하게 여길 정도로 집을 꾸리고, 그로 인해 식구들로 하여금 집을 나가고 싶게 만드는 병이다.

도라 아버지는 "공장을 돌아보기 위해 종종 집을 비웠"으며 또한 "폐가 불편한" 까닭에 "한여름에는 고지에 있는 요양지를 찾아 나섰다". 요양 중에 도라 아버지는 어디에 묵었을까? 호텔에 아니면 요양소에? 집이 집같이 여겨지지 않던 도라는 저도 아버지를 따라 요양지로 가겠다고 (아버지 말대로라면) "고집을 부린다".

도라는 제 아버지와 요양지에 간다. 그리고 집이 아닌 곳에 머문다. 그럼에도 그곳에서 지내는 동안 (가족 내지는 친밀도와 관계된) 운하임리히한 일들이 벌어진다.

요양지의 호숫가에서 한 남자가 도라에게 입을 맞추려 한다. 도라보다 연상인 이 남자는 도라 아버지의 친구이자 도라 아버지의 애인의 남편이다. 도라는 열여덟 살이다.

실성증aphonia. 도라는 말을 하지 않기 시작했다. 먹고 마시기를 거부하다가 "불행한 결혼 생활 끝에" 죽었던 제 고모처럼 도라 또한 스스로 입을 다물어 버렸다. 식음 전폐는 아닐지언정 잇새도 어우르지 않았다.

아버지가 도라를 데리고 프로이트 박사를 찾아갔다.

그 당시 도라는 성性에 관한 책을 읽고 있었다고 아버지는 보고했다. 어쩌면 전부 딸의 상상력에서 나온 일인지도 모르겠다고도 했다.

글이란 지면을 넘어 발휘되기도 하는 걸까.

말이 없던 도라는 프로이트와 이야기하는 것에 동의했다.

프로이트가 말하길 도라는 키스를 당하던 순간에 "입술의 키스뿐만 아니라 발기한 성기가 제 몸에 부대끼는 것을 느꼈다.……그리고 이 두 번째 성감대의 자극이 동시적인 흉부의 압박감으로 치환됨으로써 고착한 것이다". 도라는 이 일이 차마 입에 담지 못할 만큼 치명적이라 느꼈고, 고로 말을 하지 않게 됐다.

프로이트는 진실을, 운하임리히를 밝히고 싶었다. 운하임리히란 그가 「낯선 두려움」에서 설명한 바 있듯이 하임리히 안에 내장돼 있다(혹은 그 반대러나?). 프로이드는 진실이란 밝혀야만 하는 것이며 말을 통해 그럴 수 있다고 생각했는데, 도라의 사례는 그가 말을 지면에 기록해 이야기로 빚어낸 첫

분석 사례에 해당했다. 프로이트는 도라 아버지가 아닌 도라를 믿기로 선택했으나 도라가 하는 말에 이상이 있다고 생각했다. 그가 생각하기에 불평을 호소하지는 않을지언정 도라에게는 어찌 되었건 호소하고자 하는 불평함이 있으며 이 질환으로서의 불평함은 새로운 단어들을 통해, 즉 대화를 통해 치유가 가능할 터였다.

언어의 질환인가, 그렇다면?

2

프로이트

본인 스스로 이전에 과대 평가했음에 분명한
의사들에 대해서 그녀는 항상 경멸하듯이 말했다.

나는 집에 체크인한다. 호텔에 있다가 오는 길이다. 집에는 아무도 없다. 그것도 꽤 오랜 시간 없었던 듯하다. 불이 모두 꺼져 있고, 커튼이 쳐진 곳도 더러 있다. 여기저기 물건이 뒤널려 있다. 당신의 부재가 곳곳에서 제 존재를 알린다.

이곳의 모든 것이 집의 품 안에 자연스레 깃들인 모습이, 집답지 않은 것마저 집다운 것 와중에 똬리를 틀고 있는 것이 영 신경에 거슬린다. 그러나 집이란 어쨌거나 모든 것을 담는 공간이니까, 심지어는 저의 정반대인 호텔까지도. 그렇다면 집은 바깥 일터와 도서관, 사무실과 회의실을, 즉 집 밖의 그 모든 장소를, 내가 여지껏 지내다 돌아온 곳이자 당신 존재의 부재를 절감했던 그 모든 곳마저 담고 있는 걸까?

집이 심리 상담 치료실을 담을 수도 있을까?

내가 찾아간 상담사는 집에 사무실을 뒀는데, 이 집은 살림집이 아니다. 집을 여러 가지 치료가 진행되는 진료 및 상담실을 갖춘 진료소로 개조했다. 밖에서는 진료소처럼 보이지 않는다. 그 양옆으로 어린아이의 그림을 닮은 집들이 뻗어 있다. 이 길에 있는 집들은 대개가 살림집이나, 진료소 맞은편에 있는 집도 실은 집이 아니라 작은 호텔이다. 외벽에 에나멜질과 같은 흰 자갈을 박아넣은 터에, 우중충한 길 한복판에서 충치 치료라도 받은 치아처럼 유독 튄다. 하지만 밖에서는 진료소도 호텔도 그저 집으로 보인다.

나는 길 이쪽으로도 저쪽으로도 들어갈 수가 있다. 진료소와 호텔, 어느 쪽이 날 치료해 줄까?

진료소 대기실엔 여느 호텔과 마찬가지로 꽃이 꽂혀 있는데, 다만 이 꽃들은 말린 꽃이다. 사벽이 하얗고 커튼도 하얗다. 의자가 호텔 로비에서처럼 벽을 등지고 네모나게 배치되어 친밀해 보이는 분위기를 조성한 터에, 대화할 기분이 아닌 사람들에게 그럴싸한 구실이 제공된다. 그런데 막상 대기실에 도착하고 보면 그때마다 나 말곤 대기 중인 사람이 없다.

이곳 대기실에는 호텔의 대기실에 해당하는 호텔 로비와 달리 기다리는 이가 나밖에 없다. 시간 외 시간, 근무 시간이 지난 시각이다. 나와 같이 기다리는 사람도, 같이 기다려 주러 온 이도 없다. 심지어 당신도 없다("혼자 오셔도 좋아요." 상담사는 내게 말했다. "남편 분이 처음엔 오시기를 꺼린다거나 매번 함께 방문하시기를 꺼린다면요. 아님 간혹가다 함께 오셔도 되고, 남편 분만 언제 한번 찾아오셔도 좋아요"). 저이로부터 도피해야겠다는 심정을 불러일으킬 어느 누구도 이곳에는 없다. 그 대신 여기엔 잡지가 있다. 인테리어 잡지며 여행 잡지가 언제고 이 대기실을 벗어나 이곳이 아닌 다른 곳으로, 진료소가 내담자들의 선호를 짐작해 선별한 도처의 세계로 향할 수 있도록 보장해 준다. 잡지 하나를 집어 훌훌 넘겨 본다. 표지를 펼치면 안에는 이탈리아의 한 절벽에 선 호텔이, 윌리엄스버그의 로프트 아파트가, 스코틀랜드의 보디bothy 오두막인가 뭔가가(여하간 입에 착 달라붙는 단어다) 들어 있다.

프로이트

[도라는] 성탄절 선물로 독일 휴양 도시의
광경을 담은 앨범을 받았다.

어느 날 꿈속에서 도라는 그 풍경 속으로 도피한다. 프로이트는 이 선물을 사랑의 증표로 본다.

대기실에서 나는 대기하고 있다. 어쩌면 내 머리 위 진료실에서 상담사도 나를 기다리고 있을지 모르겠다. 우리는 임시臨時가 도래하기를 기다리고 있다. 우리는 정해진 시간 전에는 만날 수 없다. 대기실에는 구강 세정제 냄새가 난다. 심리 상담소가 아니라 치과 의원의 대기실인 양, 여기서 내가 받을 치료란 마음뿐 아니라 내 입에 대한 치료라도 되는 양 말이다. 헹구고 뱉으세요.

상담사가 날 부른다.

"이제 올라와 저 좀 보시겠어요?" 영화에 나올 법한 우스운 대사다. 예컨대

메이 웨스트

언제 한번 올라와 날 보지그래요?

그러게. 언제 한번 올라와 날 보지그래, 당신? 왜 한 번도 오질 않아? 가끔은 올라올 수도 있잖아, 혹은 가끔씩만 올 수도 있잖아. 그도 아니면 올라와서 날 보지 않을 수도 있고. 그 시간 내내 집에 있을 수도 있었다고, 날 보지 않으면서. 내가 들어오는 걸 보고도 못 본 척하기로 작정할 수도 있었어. 충분히 가능한 일이라는 걸 당신은 알지.

상담사는 담요처럼 생긴 숄을 몸에 두르고 있다. 더운 날인데도 방벽을 치듯 바짝 둘렀다. 상담사가 내게 말한다. "어려운 일들을 용케 헤쳐 오셨네요." 그런지도요, 하지만 당장은 당신의 그 숄 방벽조차 헤치질 못하겠거든요. 세 번째 방문 이후 결국 난 상담 치료를 관둔다(처음부터 난 동정을 바라고 온 게 아니라고 상담사에게 분명히 얘기했다).

프로이트는 이걸 뭐라고 불렀더라, 앙스트Angst? 그건 독일어고. 번역을 하면 불안anxiety인가 고뇌anguish인가? 불안은 뭔가 나쁜 일이 일어나기를 기다리는 감정이다. 그렇게 기다리고 있는 중에도 그 나쁜 일이 이미 벌어지고 있으며 그럼에도 앞으로 기필코 닥치리라는 느리게 엄습하는 예감이자, 또한 최후에 달하기 전에는 끝날 줄을 모르고 지속되리라는 확신이다. 그런데 나쁜 일은 결코 끝에 이르는 법이 없고, 불안은 지속한다. 고뇌는 '긴장도, 조임'을 뜻하는 라틴어 angustia에서, '막히는, 목메는'을 뜻하는 angor에서, 그리고 '목 조르다'를 뜻하는 옛 그리스어 ἄγχω(ankho)에서 유래한 단어다.

고뇌는 증상이 된다—예컨대 실성증과 같이. 실성증: 발화 능력의 상실로 발화하는 증상.

프로이트

당신도 알다시피 당신은 언제고

여기를 떠날 수 있어요.

상담소에서 내가 배운 것 한 가지: 욕망하는 바를 소리 내어 표현하면 그 즉시 누군가가 날 저지하려 들 것이라고 내가 은연중에 생각한다는 사실.

차라리 입 다물고 있자.

3

프로이트

이에 관한 설명을 위해 시작한

자그마한 실험은 여느 때처럼 성공했다.

프로이트는 도라에게 평소에 못 보던 물건이 책상 위에 있는지 둘러보라고 한다. 그 물건은 성냥갑이었다고 프로이트는 우리에게 밝힌다. 호텔 로비의 프런트 데스크에서 볼 법한 "커다란" 성냥갑이다. 도라는 "K 씨와 아빠 역시 지독한 흡연가"임에도, 그리고 프로이트와 도라 본인 또한 그러함에도 성냥갑을 의식하지 못했다. 성냥갑이라면 아무래도 성냥이 들어 있을 확률이 높지만 어쨌거나 프로이트는 갑은 언급

해도 그 안에 뭐가 들어 있었는지는 밝히지 않는다. 도라에게 그 무엇인가를 찾아보라고 말했을 때 그는 도라에게 표면을 찾아보라고 한 셈이고, 실제로 도라의 눈에 가장 먼저 들어온 것도 성냥갑이었을 테다. 도라가 성냥을 찾고 있었던 거라면 말이다. 다시 말해 프로이트는 도라에게 전체와 연결되는 사물의 한 단면만을 찾아보라고 지시한 것이다. 이걸 일컬어 환유라 한다.

프로이트는 내게 끝없이 말한다. 하나의 사물이나 현상에는 다른 무엇인가가 숨어 있다고.

도라의 머릿속에는 꿈이 숨어 있다. 프로이트가 그에게 꿈 이야기를 해 보라고 한다. 도라는 자기가 사는 집이 불타 버리는 꿈을 꾼다. 도라 어머니는 보석을 챙겨 대피하길 원하는데 아버지가 화를 내며 보석을 놔두고 가야 한다고 주장한다.

도라 아버지는 이렇게 말한다. "당신의 보석함 때문에 나와 내 두 아이가 불에 타 죽을 수는 없소."

내 호텔 방문 뒷면에 붙은 화재 시 대피 요령 안내문에는 이렇게 써 있다. '로비로 집결합니다.' 또 이렇게 써 있다. '개인 소지품을 챙기지 않습니다.'

"우리 집에 실제로 불이 났던 적은 없어요." 도라는 말한다.

NO SMOKING이라고 내 호텔 방문에 붙은 팻말은 말한다. 내가 소지한 펭귄 출판사 판 『사랑의 심리학』*The Psychology of Love*엔 「도라, 히스테리 사례 분석의 단편」이 숨어 있고, 뒤표지에는 흡연 중인 프로이트의 사진이 실렸다. 시가를 곧추세운 채로 프로이트는 이제 막 농담의 펀치라인—예컨대 "시가가 그저 시가일 때도 있는 법이지"—을 날린 사람처럼 그라우초 막스를 연상케 하는 포즈를 취했다.

이것은 프로이트가 한 말이 아니나 꽤 많은 사람이 프로이트가 한 말이라 믿는다.

그라우초 막스의 가장 유명한 농담은 "날 멤버로 받아 주는 클럽에는 애초 가입할 생각이 없네요"다.◊ 우디 앨런은 영화 「애니 홀」Annie Hall, 1977의 오프닝 독백에서 이 농담을 일컬어 "내 여자 관계의 정곡을 찌른다는 의미에서 내 성년기의 핵심 농담입니다"라고 말하며 그라우초가 이 농담을 프로이트의 『농담과 무의식의 관계』*Der Witz und seine Beziehung zum Unbewußten*에서 인용했다고 덧붙이고 있으나, 프로이트의 저서 어디에서도 이 농담을 찾아볼 수 없다. 농담의 출처를 프로이트로 지명한 것은 앨런의 실수였을 수도 있고 실수가 아닌데 일부러 실수를 가장한 것일 수도 있으며, 혹은 실수가 맞기는 하되 자기가 실수하고 있다는 걸 알면서도 무슨 이유에서건 스스로를 저지할 수 없었던 것일 수도 있다.

이 농담은 막스 브러더스의 영화에는—적어도 그라우초가 말한 버전대로는—등장하지 않는다. 그라우초가 한 농담임을 증명할 증거가 없다. 전거가 불분명한 어느 클럽 탈퇴서(회원 가입 권유를 거절하는 편지가 아니라)에 이 농담이 사유로 적혀 있었다는 속설이 있는데, 정확히 어느 클럽에서 탈퇴하려는 편지였느냐에 대해서도 의견이 분분해 베벌리힐스의 프라이어스 클럽서부터 딜레이니 클럽, 램스 클럽, 베벌리힐스 테니스 클럽, 힐크레스트 컨트리 클럽까지 여러 곳이 거

◊ 멤버는 단체 회원 외에도 개별 신체 부위, 특히 남근을 이르는 단어다.

론된다. 이 일화는 어스킨 존슨이 신디케이트에 기고한 할리우드 가십 칼럼을 통해 1949년에 처음 전해졌다.[1] 그 뒤 십 년이 지나 그라우초가 제 회고록에서 이 이야기를 재활용했는데, 그러면서 자기가 전보를 보냈다고 주장했다. "탈퇴서 수락 바람. 나를 멤버로 받아 주는 클럽에는 가입할 의사 없음." 이런 전보가 실제로 송신된 바 있음을 증명해 주는 근거는 존재하지 않는다. 도라는 자기가 성냥을 언급하지 않았다는 사실을 하나의 근거로 보기를 거부했다. 즉 자신의 침묵이 K 씨의 멤버, 즉 성기에 대한 자기의 욕망 또한 은폐하기 위한 의도에서 기인했으며, 성냥에 대한 침묵이 이를 입증하는 근거라는 의견을 받아들이지 않았다. 프로이트가 이리 시사했으나, 도라는 이에 대해서는 함구로 일관했다.

그러니까 프로이트는 시가에 관한 말을 하지 않았고, 멤버에 관한 말 또한 하지 않았다. 하기야 그라우초도 그런 말을 애초에 안 했는지 모른다. 또한 메이 웨스트는 "언제 한번 올라와 날 보지그래요?"라고 말하지 않았다. 그는 이렇게 말했다. "언제 나 보러 한번 올라와요." 다만 우리가 이 농담들을 하나같이 애초와 다르게 기억하는 것을 선호할 뿐이지. 그뿐이 아니다. 구글로 검색해 보니 하디는 "네 덕에 또 제대로 말려들었군"이라고 말한 적이 없고❖ 넬슨은 "키스해 주게, 하

❖ '로렐과 하디'로 알려진 코미디 콤비 스탠 로렐과 올리버 하디의 영화에 수시로 등장하는 명대사로 정확히는 "Well, here's another nice mess you've gotten me into"이지만 흔히 "Well, here's another fine mess you've gotten me into"로 잘못 인용된다. 로렐과 하디의 1930년 단편 영화 제목인 'Another Fine Mess'와 혼동한 까닭으로 추정된다.

디"라고 말하지 않았다.◇ 명언이라는 것들은 죄다 화자 (또는 작자) 미상인 듯하다.

반대로 러디어드 키플링은 「약혼자」The Betrothed라는 시에서 "여자는 기껏해야 여자지만 시가가 훌륭하면 그에 비할 맛이 없다"라고 실제로 말했다.

일부 출처에 의하면 그라우초 막스도 이 말을 했다는데 실제로 그랬을 가능성은 희박해 보인다.

그라우초가 실제로 한 말로는 (어느 게임 쇼 도중에 자녀를 열일곱 둔 아버지에게 한) 이 말이 있다. "저 같은 경우는 시가를 좋아하는데요, 그래도 가끔은 입을 쉬어 주긴 합니다."

아니면 어떤 여자를 상대로 이 말을 했던가?

아홉 자녀의 어머니에게?

아니면 이것 역시 도시 전설 중 하나려나?

시가는 기껏해야 시가지만 여자가 훌륭하면……

뭘까?

"상자로 대체할 수 있다." 프로이트가 말한다. "상자와 여자, 이 두 가지는 이미 서로 잘 어울린다."❖

재닛 맬컴은 정신분석에 관한 에세이집 『불가능한 직업』*The Impossible Profession*에서 이 대목이 "묘기에 달한 추론"을

◇ 영국의 허레이쇼 넬슨 제독이 1805년 트라팔가 해전에서 임종하기에 앞서 토머스 하디 대령에게 했다고 전해지는 말이다.

❖ 지그문트 프로이트, 「도라의 히스테리 분석」, 『꼬마 한스와 도라: 프로이트 전집 8』, 김재혁·권세훈 옮김, 열린책들, 2003, 288쪽. 프로이트는 '상자'Schachtel와 관련해 다음과 같이 보충 설명을 덧붙였다. "독일어의 Schachtel은 보통 상자를 의미하며 도라의 질문에서도 그 의미로 쓰이고 있다. 그러나 이 말은 한편으로 여성을 폄하하여 지칭하는 말이기도 하다."

보여 준다고 말한다. 맬컴에 따르면 프로이트는 도라를 판도라로 여겼다. 그러나 정작 도라는 앞서 언급한 꿈에서 상자에 아무런 관심도 보이지 않는다.

프로이트

(도라에게)

이제까지 당신은 보석에 대해서만 이야기했을 뿐이지

보석 상자는 언급하지 않았습니다.

프로이트는 성냥갑 안에 든 성냥에는 아무런 관심도 보이지 않는다. 그는 성냥갑만 언급한다. 또한 본인이 왜 도라가 성냥갑을 발견하길 원했는지, 본인의 실험이 어떤 측면에서 성공적이었는지 끝내 밝히지 않는다.

도라와 도라 아버지 둘 다 폐와 인후와 입과 관련된 질환을 앓는데도 프로이트가 우리에게 전하는 이야기상에는 어느 누구도 흡연으로 병에 걸리지 않는다.

프로이트는 턱 부위의 암으로 사망했고, 흔히들 이를 시가를 피우던 습관 탓으로 돌린다.

"연기가 나는 곳에는 화재도 있게 마련이다." 프로이트는 말했다.

아니면 이것도 잘못된 인용이려나.[2]

그라우초는 자기를 회원으로 받아 줄 의사를 밝힌 클럽 명칭을 허구화했고, 그 결과 그가 보냈다는 전보의 실재 여부를 입증하기가 한층 어려워졌다. 그가 정말로 전보를 보냈는지 아닌지는 누구도 모를 일이다. 노년에 들어서 그라우초는 자기가 무슨 말을 하건 사람들이 농담으로만 받아들이는 탓에 도무지 속시원하게 사람을 모욕할 수가 없다고 불평한 바 있다. 프로이트는 자신의 「히스테리 사례」에서 거기 등장하는 인물들을 사람들이 실제로 알아보는 일이 없도록 하기 위해 모든 이름을 허구화했다.

본인 이름만 제외하고.

4

친구

결혼에는 의문을 품지 마.

상자란 게 한번 열었다가는……

나는 몇 번인가 우리 결혼식 상자를 불더미에 올렸는데, 끝내 불사르지는 않았다. 그 상자에는 사진과 마른 장미, 죽은 사람들이 보낸 축하 카드, 다시는 볼 일 없는 사람들이 보낸 축하 카드, 우리가 결혼한 뒤로 돌변한 사람들에게 받은 카드가 들어 있었다. 나는 장미를 원치 않았다. 내가 원한 꽃은 제철이 아니었다. 상자는 마분지 재질에 대부분 종이로 된 것들로 차 있었다. 훨훨 잘 탔을 테지.

도라는 치료 기간이 만료되기 전에 프로이트를 떠났다. 도라가 미리 통보했음에도 프로이트는 이를 뜻밖으로 여겼다.

프로이트

그녀는 감동한 듯이 보였고, 다정한 태도로

내게 따뜻한 송년 인사와 함께 작별을 고했다.

그리고 다시는 오지 않았다.

도라가 그렇게 떠난 것은 "의심할 여지 없는 복수 행위였다" 고 프로이트는 적었으나, 재닛 맬컴에 따르면 이는 다만 그 자신부터가 "전이에 데었기"transference burn 때문이었다.

프로이트

전이란 무엇인가? 그것은 분석 작업이 진행되면서

일깨워져 자각하게 된 자극과 공상의 새로운

판본이요 복사본이다.

욕망과 관계된 무언가가 여기 작용하고 있다. 누구의 욕망인지는 불분명하다. 도라는 프로이트에게서 (프로이트의 주장에 의하면) "그녀가 그토록 갈망하던 다정함을 대체해 줄 무엇"을 찾고자 했다. 이것이 전이다. 프로이트가 도라에게 보인 관심으로 미루어 도라 또한 프로이트 본인이 갈망하던 뭔가를 닮아 있었던 것이라고 추측해 볼 수도 있다. 무엇을?

환유는 어떠한 대상에 가까운 것, 즉 일종의 속기이자 편의며 이때 그 밀착 정도는 상자가 그 안에 든 내용물과 밀착해 있는 정도와 같다. 프로이트는 환자가 심리 치료사에게 애착을 갖게 될 수 있음을 발견했다. 이는 치료사가 보다 가까운 곳에 있기에, 그리고 이떤 면에서는 환자가 갈망하는 것을 다소 닮아 있기 때문인데, 그 역도 성립한다는 것이 맬컴의 지적이다. 도라의 목구멍이 조여 올 때면, 프로이트는 도라가 페니스를 의미하는 것이기를 간절히 바랐는지도 모른다. 프로이트 왈, 전이란 치유가 아니나 치유를 향한 과정의 한 단계일 수 있다.◊

내 호텔들은 내가 갈망하는 집을 닮지 않았다. 나는 집을 갈망하지 않기에. 호텔들은 갈망할 법한 그 무엇과도 닮지 않았다. 집에 대한 갈망을 닮았을지는 모르나, 그 갈망을 해소해 주지는 않는다.

◊ 이 장 원주 2번에서 밝히고 있듯 이 책에서 인용되는 프로이트 저술은 주로 「도라, 히스테리 사례 분석의 단편」이며, 모든 인용문은 한국어판(『꼬마 한스와 도라』, 김재혁·권세훈 옮김, 열린책들, 2003)을 참조해 번역했다. 다만 지은이가 일일이 인용 쪽수를 밝히고 있지는 않아 이 번역본에서도 필요할 경우에만 프로이트 저작의 한국어판 쪽수를 각주로 달아 주었다. 그 외 프로이트의 다른 저술이 인용되는 경우에는 옮긴이 주로 해당 저작의 한국어판 서지 정보를 밝혀 주었고, 국내에 번역된 다른 작가·학자의 저술이 인용되는 경우에도 한국어판을 참조하되 지은이가 주석에 서지 정보를 밝히지 않는 한 따로 명기해 주지는 않았다. 단 92쪽의 『초현실주의 선언』 인용문처럼 한국어판 번역을 그대로 인용한 경우에는 각주에 한국어판 서지 정보를 표시했다.

3
결혼 엽서

환자가 병의 이력과 중첩하는 범위에 한해서는
자기 삶의 이력을 조리 있게 표현하지 못한다는 점……
지그문트 프로이트,「도라, 히스테리 사례 분석의 단편」

출 연 진 **지그문트 프로이트** 정신분석가
도라 십대 소녀

엽서 #1-엽서

(이 엽서는 바다에서 바라본 호텔의 모습을 담고 있다. 배 위에서 찍은 사진 같다.)

아주 오랫동안, 어쩌면 맨 처음 시점부터였는지도 모를 긴 시간을 나는 내 삶이 어딘가 잘못됐다고 느껴 왔다. 줄거리가 더 그럴싸할 수도 있잖아, 풍경이 더 근사하다든가. 어쩌면 그래서 글을 쓰는 건지도 모르겠다. 이야기 상대가 더는 남아 있지 않은 까닭에 지면에다 이야기하는 사람들이 있는 것은 아닐까라는 의문을 난 한동안 품어 왔다.

프로이트
예전에 내가 샤르코의 클리닉◊에 있을 때
히스테리성 무언증을 지닌 사람들에게는

글이 발화 행위를 대리한다는 사실을
목격하고 또 전해 들었던 기억이 났다.
이들은 다른 사람들에 비해 막힘 없이,
그리고 빠르고 능숙하게 글을 썼다.[1]

내 호텔 방에 있는 상판이 인조 가죽으로 된 책상 서랍에는 역시나 인조 가죽 재질로 된 폴더가 들어 있다. 그 안에는 호텔 주소가 찍힌 빈 종이 몇 장과 한 통의 편지 봉투, 호텔 외관을 담은 엽서 한 장이 들었다. 그리고 여기, 호텔 외관 안에 내가 있다. 엽서상에는 보이지 않는 바로 이 내부에 말이다. 이 임시 주소지에서 나는 안전하다. 여기 머무는 동안 나는 아무것도 누설하지 않는다.

사람들은 호텔에서 글을 써 보낸다. 막상 호텔에 도착하면 달리 할 일이 딱히 있던가?

엽서 #2-글쓰기

(이 엽서는 정면에서 바라본 호텔의 모습을 담고 있는데, 건물 앞면을 모두 싣기 위해 각도를 비스듬히 잡았다.)

프로이트

내가 작가로서 중편소설의 소재 삼아

◇ 장-마르탱 샤르코 의사는 1882년에 살페트리에르 병원 내에 유럽 최초의 신경학 진료소(클리닉)를 설립했다. 프로이트는 1885~1886년 사이 약 사 개월간 이곳에서 수학했다.

이러한 정신 상태를 지어내는 입장이었다면……

이곳 호텔에서는 내가 집을 그리도 나쁘게 여겼던 이유를 기억하기가 쉽지 않다. 집의 나쁜 점을 되새기는 것은 여전히 새삼스런 일이다.

팩트라고 부를 것들은 많다. 많고 서로 상충한다, 팩트란 것들이 원래 그렇듯이.

의견이 넘친다고 해야 될까 그럼?

그래, 각각의 머릿속만 해도 차고 넘치는 것이 의견이지.

집을 떠나는 즉시 거기서 무슨 일들이 있었는지 기억할 수 없게 된다.

단어들을 다시 적는 것만으로 사실로 여기던 것들이 변한다.

이것들에 어떻게 질서를 부여해야 할지 난 모른다. 질서라는 걸 애초에 부여할 수 있는 성질의 것들인지조차도 모르겠다.

내가 아는 게 정확히 뭔지 난 모른다.

내가 정확히 무얼 쓰려는 건지 난 모른다.

떠난 후로, 나는 내 정직성이 판이하게 달라지는 걸 느꼈다. 어떤 일들이 벌어졌던가를 망각하기 시작한다. 당신이—그리고 내가—얼마나 많이 잘못했는지를. 어쩌면 그렇게 많이 잘못한 게 아니었을 수도 있다. 어쩌면 딱 내가 바라던 만큼만, 용납할 수 있는 범위에 한해 잘못했던 것일 수도 있다. 그래, 난 잘못을 그렇게 자수 저지르신 않았고 간혹 지지를 때도 목적이 있었어. 그 목적을 정의할 수도 있어. 당신의 전부를 소유하고픈 욕구에서, 당신이 저지른 잘못의 내부를 파고

들겠다는 바람에서 그랬던 건 아니니까. 물론 그 또한 바라긴 했지만.

나는 뭘 원했나?

언제고 한 가지만 원한 적이 있던가?

엽서 #3–침묵

(이 엽서는 호텔을 일체 보여 주지 않는다. 그 대신 호텔 인근에 위치한 기념비를 담았고, 그 아래 호텔 이름이 인쇄돼 있다.)

결혼은 두 사람이 적정한 정도로만 접촉하거나 의사소통하면서도 나란히, 고로 잠잠한 가운데 살 수 있게끔 기능한다.

잠잠하게 들끓는 침묵 가운데.

도라는 끝내 보내지 않을 편지를 썼다. 도라의 부모는 "이 생활을 더 이상 견딜 수 없기 때문에 부모 곁을 떠나겠다는" 편지를 "딸의 책상 안인가 위에서" 찾았다.

도라

그 편지를 나는 책상 서랍에 넣어 두었거든요.

프로이트

나는 그녀 스스로 그 편지가 부모들의 손에
들어가도록 만들었다는 결론을 내렸다.

당신이 연락할 경우에 대비해 나는 G챗 창을 열어 놓는다.

때로 당신은 접속한 것으로 표시된 와중에도 답을 하지 않는다.

난 한 번도 강인하고 과묵한 타입을 바란 적이 없다.

난 입 닥치는 법을 배워야 한다.

내가 말을 하지 않으면, 모든 것이 예전과 같게 이어진다면 당신은 나를 용서할 것이다.

하지만 난 상황이 예전처럼 이어지는 것을 원치 않는다.

말을 섞지 않으면서도 우리는 어떻게든, 여전히, 계속되고 간혹가다 단어를 교환하기도 한다.

당신의 존재를 알리는 초록 불빛이 사라졌다. 당신은 무사히 로그아웃했다. 이제 난 무사하다. 당신을 향한 욕망으로부터, 더는 어느 시점에서고 욕망하지 않게 된 욕망으로부터.

당신에게 말을 하는 즉시 말실수했다는 즉각적인 불안감에 휩싸이게 된다.

실제로 그리했기 때문인지도 모른다.

욕망하는 바를 소리 내어 표현하면 그 즉시 누군가가 날 저지하려 들 것이라고 나는 은연중에 생각한다.

엽서 #4 - 도라의 시간

(이 엽서는 호텔 내부 마당의 내밀한 전망을 호텔 수영장에서 수영 중인 사람의 눈높이에서 보여 준다.)

도라

"기차역은 어디 있습니까?"라는 질문을 백 번도 더 했어요.

행인들

오 분 거리에요.

도라는 기차역을 찾아 나서는 꿈을 꾼다. 길에서 답을 구하는 그에게 답은 분 단위로 돌아온다. 공간이 시간의 형태로 제시된다. 집이란 햇수로 가늠하는 공간이다. 반면 내가 임시적인 나날을 보내고 있는 와중에는, 간혹 호텔의 돌림띠로 눈이 가고 거기서 예상 못한 테두리 장식을 엉겁결에 마주할 때가 있다. 이것에 익숙해질 즈음이면 매일 같은 장소에서 눈을 뜨는 것이 이상하게 여겨진다.

「히스테리 사례」에서 시간은 유독 중요하다. 열나흘, 두 시간 반, 아홉 달. 그 반면에 장소는 모호하다. 어느 휴양지, 어느 마을, 어느 기차역.

도라

(꿈에서)

어느 낯선 마을을 산책하고 있어요.

거리들도 광장들도 모두 알아볼 수가 없어요.

시간에 대해서는 그리도 정확하면서 장소에 관한 한은 왜 이리도 모호한 걸까?

"이번 주말엔 어디 가고 싶어?" 당신은 이렇게 묻곤 했다. 나는 스스로에게 해 본 적 없는 질문이었다. 내 시간은 해야 하는 일로 가득 차 있었으니까. 이제 나는 어디든 갈 수 있다.

엽서 #5-시계-시간

(이 엽서는 호텔을 보여 주는 대신 호텔에서 보이는 항구 건너편 전망을 담고 있다.)

당신이 나와 지구 반대편에 있을 때, 어쩌다 당신은 한 호텔에 있고 나는 다른 호텔에 있거나 우리 중 한 사람은 집에 있고 한 사람은 집에 있지 않을 때 난 하룻밤의 길이를 정확히 알 수 있는데, 그건 그리 긴 시간이 아니다. 오후 세 시부터 아홉 시까지 정도 되려나. 당신이 있는 곳은 지금 정확히 일곱 시 이 분이라는 걸 난 알고, 또 오늘 우리가 떨어져 있는 동안 우리 사이에 무엇인가 발생했으며 당신을 떠올릴 때 내가 그걸 감으로 파악한다는 것을 알지만, 다만 그게 정확히 무엇이었는지는 기억하지 못한다.

호텔의 시간이란 납작하다. 오늘이 사방에서 밀려든다.

난 시간 개념이 좋지 못하다. 당신이 목요일로 일정을 미루면 내게는 그게 상상할 수조차 없게 먼일로 느껴진다. 음악을 들을 때, 길을 걸을 때, 술을 마실 때, 당신과 함께 있을 때, 혹은 다른 누군가와 있을 때면…… 시간이, 아예, 멈추어 버린다. 시계를 멈춰 세울 수 있는 것들이 워낙 많고, 그래서 나는 시계를 아예 신경 쓰지 않게 됐다. 이걸 일컬어 엑스터시라고 하는 것 같다.

엽서 #6-불안의 시간

(이 엽서는 해변에서 바라본 호텔의 모습을 담고 있다. 호텔은 멀찍이

떨어져 야자수 몇 그루 뒤에 숨어 있다.)

난 행복하지 않다. 내가 행복하지 않은 이유는 삼각꼴을 이룬다. 당신 때문에 행복하지 않고 (고로 당신이 변해야 한다) 당신으로 인한 내 불행이 무력할 따름이어서 행복하지 않으며, 이는 곧 내가 나 때문에 행복하지 않다는 뜻이다. 나 자신을 변화시키기 위해, 혹은 당신에 대한 내 태도를 바꾸기 위해 상담 치료를 받아야 하는 건지도 모르겠다. 당신은 더 개선될 수 없는 사람이다, 나와 함께든 혼자서든 상담 치료사를 찾아가기를 거부하므로. 이 지점에서 내가 나 때문에 행복하지 않다는 사실이 또한 나를 불행하게 만드는데, 이건 내 불행이 당신으로 하여금 당신 본인의 불행을 자각하고 그 결과 달라져야겠다는 각오를 다지도록 이끌지 못하기 때문이다. 그리하여 내 불행은 내가 처한 행복하지 못한 상황으로 그 초점을 다시 옮겨 간다. 내가 나 때문에 행복하지 않은 지금 이 처지만 아니었더라면, 그러니까 내가 나 자신을 스스로를 불행하게 만드는 사람으로 간주하지 않을 수만 있었더라면 손수 바꾸는 게 가능했을, 이 처지의 불행함으로.

한 가지 내가 행복으로 여기는 것은 내가 불행에 이토록 타고난 자질을 보인다는 것이다.

엽서 #7 – 결혼한 시간

(이 엽서는 호텔의 백 년 전 모습을 흑백사진으로 보여 준다.)

혼인 신고 담당 공무원은 우리에게 'I will'이라고 답하라고 말해 주었지만 우리는 영화에서처럼, 그리고 지속적인 현재

형이기도 하므로 'I do'라고 대답하고 싶다고 얘기했다(물론 이건 우리가 과거에나 하던 이야기다).

결혼을 둘러싼 불안감은 결혼의 경계에서 발생한다. 함께 살림을 꾸려 가는 사이기만 하면 누구나 다 '결혼했다'고 볼 수 있다 치면 결혼이 보장하는 약속의 테두리는 어떻게 가늠한단 말인가? 나는 결혼의 갈피를 못 잡겠다. 그 윤곽을 그리지 못하겠다. 결혼이란 게 있다는 건 안다. 다만 뭘 위한 건지 모르겠다. 아니, 어쩌면 뭘 위한 것인지는 중요치 않은지도 모르고 다만 난 결혼이 어떻게 발현하는 건지를 모르겠다. 그런데 언제고 이제 막 발현할 듯하단 말이지. 그리하여 나는 눈이 빠져라 지평선의 한 지점을 바라본다.

결혼은 목적지가 아니라 출발지인 걸까. 그래서 지평선의 저 지점이, 결혼의 갈피가 좀처럼 보이질 않는 건지도 모른다.

아니면 결혼은 목적지인 동시에 출발지려나, 둘 다인 호텔과 마찬가지로.

이 말을 한 게 누구였더라, "정 안 풀리면 언제고 이혼하면 돼"라고 한 게? 로이 리히텐슈타인이 했을 법한 말처럼 보이지만 정작 더글러스 쿠플랜드가 한 말이다. 우리 (엑스)세대에 바치는 찬가에 다름없던 그 책에서.◊ "걱정 마, 엄마. 정 안 풀린다 싶거든 언제든 이혼하면 되니까"라고 흑백으로 그려진 금발 여자가 말한다. 그는 김이 모락모락 피어오르는 커피잔을 입술에 대고 있는데, 프레임 안에는 어머니도 남편도 없

◊ 캐나다의 미술가이자 소설가인 더글러스 쿠플랜드의 장편소설 『엑스세대』 *Generation X*를 말한다. 1991년에 미국에서 출간되었고, 본문 곳곳에 함께 실린 흑백 단칸 만화로도 유명하다.

다. 마치 오롯이 그에게 달린 일인 양.

법적으로야 난 언제고 체크아웃할 수 있으나 결혼에 대한 내 욕망을 떠나기가 쉽지 않다.

엽서 #8 – 우리 집 시절

(이 엽서는 풍경 구도로 돼 있으며 세로선이 엽서의 좌우를 상이한 비율로 가르고 있다. 엽서의 80퍼센트가 호텔 건물의 정면으로 채워지고, 20퍼센트는 스키를 착용한 남녀의 모습을 담고 있다. 호텔보다도 키가 큰 한 쌍이다.)

결혼이 출발지라면 보금자리로서의 우리 집은 목적지다. 우리 집은 우리가 온 부품을 갖추어 축적할 때 완성될 터였다. 한때 우리는 생활 가능한 공간이라곤 방 한 칸뿐이던 집에 살았다. 나머지 방들은 바닥에 또 벽에 구멍이 뚫려 있었다. 한동안은 난방도 되지 않았고 또 한동안은 수도가 들질 않았다. 그 집은 우리 집이었을까? 그때 당장은 아니었지만, 어쨌거나 우리가 만들어 가는 중이었다. 아직은 우리 집이라 부를 장소가 마련되지 않았다는 사실은 중요하지 않았다. 매트리스에서 잠을 자고 전자레인지로 밥을 해 먹고 헐벗은 목재 바닥에 앉은 채로 내가 모유 수유를 해야 하는 것도 문제가 되지 않았다. 우리는 나지막이, 바닥과 밀착해 생활했다. 다른 방들에는 얼굴을 맞대고 선 가구가 빽빽이 들어차 있었다. 우린 가구의 필요성조차 딱히 못 느꼈다. 그때 그 집은 외관상 우리 집의 모습을 갖추지 않았지만, 그래도 우리 집이었다. 우리 집이란 곧 희망에 있었다. 나는 더는 우리 집을 희망하지 않는다.

(우리가 함께일 수 있는 장소라곤 미래밖에 없는 것인가?)

엽서 #9–나–시간

(이 엽서는 호텔 앞모습을 담고 있는데, 사진을 호텔 높이에 맞추어 찍느라 양옆이 잘렸다.)

우리 사이에 어떤 일들이 벌어졌는지 말을 꺼내기조차 어렵다. 얼마나 진부했는지 그 폭력성이 낯부끄러울 정도다. 다만 내가 할 수 있는 말이라고는 지금은 그러한 일이 벌어지고 있지 않고, 그러므로 그에 대해 더는 설명할 수 없다는 것뿐이다.

그건 나와 관계된 일이었다.

그건 내가 당시에 어디에 있었는지와, 그러니까 내 자리와 연관돼 있었고 이는 공간뿐 아니라 시간의 문제이기도 했다.

그건 결혼과 마찬가지로 그리고 집과 마찬가지로 전치사의 문제였다. 나는 누구를 위한 사람인가? 내가 스스로에게 반복해 묻던 질문이다. 당신을 위한 게 아니라면 나는 누구를 위한 사람인 거지? 타인을 위한 존재로 스스로를 정의하면 안 된다는 건 나도 알았다. 예술을 위해 산다면 또 모를까. 혹은 나 자신을 위해 산다든가, 뭐 그런. 그리고 실제로도 난 이런 추상들을 욕망하기 위해 부단히 노력했다.

내 갈망은 접착성이 강해서 붙였다 떼었다 할 수 있는 블루택처럼 수차례 재사용할 수 있다.

나는 언제고 더 나은 것을 찾으며 사는지도 모르겠다.

남자만 생각했다 하면 나는 나를 잃기 시작한다.

엽서 #10 – 취침 시간

(이 엽서는 호텔 정원에 있을 법한 덤불을 담고 있다. 덤불 앞에는 흰 드레스 차림의 여자가 골반에 한 손을 얹고 다른 손으로는 머리를 만지작대며 서 있다. 여자의 시선은 엽서 오른쪽에 흰 필기체 글씨로 적힌 호텔 이름을 피해 좌측으로 향한다.)

프로이트
잠자리와 밥상이 결혼을 구성하건대◊

잠자리 정리를 거들어 줄 사람이 난 필요했다. 하루가 다 저물도록 집 방방이 침대가 정리되지 않은 채로 남아 있을 때가 왕왕 있었다. 아예 그대로 다시 밤을 맞는 침대도 있었다. 이건 있을 수 없는 일이었다. 그런데 내가 아니고서야 누가 정리해 준다? 저희 스스로 침대를 정리할 수는 없는 노릇이었으니 말이다. 그러기에는 머리가 덜 컸고, 갓난아이에 불과했고, 엄마가 필요했고, 유모가 필요했고, 가사 도우미가 필요했다. 내가 그 역할을 맡고 싶은 마음은 없었지만 마침 앞치마를 두른 사람이 나 말고 달리 있었던가?

반듯이 깎인 잔디와 정돈이 되어 있는 침대, 이 둘은 어딘가 닮았다. 내 품이 요구되지 않는다는 점에서 닮았다. 정돈된

◊ 지그문트 프로이트, 『꿈의 해석』, 김인순 옮김, 2003, 422쪽.

침대는 내 관할, 깎인 잔디는 당신 관할이다. 당신에게서 노동력을 자아내기 위해 나는 내 몫의 노동을 해야만 한다. 누군가 나를 위해 노고를 들였다는 걸 아는 건 기분 좋은 일이고, 그에 상당하는 대가로 내가 썩 내키지 않는 일을 해야 한대도 그 사실은 변하지 않는다. 물론 그 일을 나는 매일같이 해야 하는 반면에, 잔디는 기껏해야 이 주에 한 번 깎으면 그만이고 겨울에는 그보다 더 드물게 깎아도 된다. 그렇긴 해도 난 갓 깎은 풀내음을, 갓 빤 이불 내음을 얼마나 좋아하는지.

엽서 #11 – 집일

(이 엽서는 초상 구도로 돼 있고, 위아래가 대략 50 대 50으로 나뉘어 있다. 윗칸에는 호텔 전면이, 아랫칸에는 호텔 객실 사진이 실렸다. 호텔 건물이 객실 커튼 봉 위에 아슬아슬하게 걸쳐 있는 것처럼 보인다.)

집과 관련된 것 중에는 결코 가르침을 통해 터득할 수 없고 오로지 경험으로만 배울 수 있는 것들이 있다(혹은 이러한 것들은 결코 말로 표현되지 않거나, 또는 말이 애초 그 영역에 들지 않는 건지도 모르겠다). 집은 기예다, 나뭇결을 볼 줄 아는 게 기예고 나무판자를 잘라 침대를 만드는 게 기예듯. 대다수 사람이 지닌 기예가 바로 집이다.

당신과 나는 집 이외에도 각자의 기예를 지닌 사람이기에, 집의 기예를 추구하기가 여간 어렵지 않았다. 두 가지 어려운 일을 동시에 좇기란 대체로 어려운 일이다. 보통은 파트너 중 한쪽이 집을 좇는 것으로 충분하다. 보통 이 사람은 여자다. 다른 한 사람은—보통 남자로—집이 꾸려지고 살림이 챙겨지는 모습을—단 그이 손에 의해서는 아니다—흐뭇이 바라볼 수 있다. 이게 집일이다.

집일은 닫힌 문 뒤에서 진행되는 일이다. 침대를 만들기 위해 판자를 자를 때와는 달리 이 일은 증거를 남기지 않는다. 침대를 정리할 때마다 시간은 도로 물린다. 집일—청소, 다림질, 빨래—은 도로 물리는 일이다.

이 와중에 당신은 당신 역할대로 저만치서 바라보며 흡족해했다. 아이들을, 동물들을—당신과 내가 함께 우리 집에 채워 넣은 존재들을—바라보며. 그리고 이들은 물론 또 저들 나름의 판자로 만든 침대를, 그리고 그 침대의 계속적인 정리와 정리의 물림을 필요로 했다. 전자가 한 행위면 후자가 또한 행위였다. 당신은 내가 이들을 돌보는 모습을 지켜보길 좋아했다. 그리고 그러한 시선을 스스로에게 허용했다. 물론 최선의 의도에서 그랬겠지만, 내 일새를 흡족히 바라보기 위한 의도에서 그랬겠지만 말이다. 내가 집일을 제대로 하지 않으면 당신 표정이 달라졌다. 당신 스스로도 주체할 수 없는 일이었겠지만, 어쨌거나 바라봄을 당한다는 건 끔찍한 일이었고 그건 당신의 시선이 흐뭇한 승인의 시선일 때도 마찬가지였다. 그 시선이 우리 사이에 겉보기에는 담 같지 않은 담을 쌓았고(텔레비전 브라운관처럼) 이 투명한 담을 가운데 두고 나는 안에 당신은 바깥에 있는 꼴이었다. 나는 행해 보여야만 하는 제약 속에 있었다—의무가, 동정심이(사랑이?), 당신의 바라봄이 날 계속해서 하게 만들었다. 당신도 어쩌면 내 행위들로 인해 계속 지켜보아야만 하는 제약 속에 있었는지도 모르겠다. 당신의 행동이란 당신 한 사람만 아우르는 일이긴 했어도 말이다. 나는 외로웠다. 집일에의 내 천부적인 소질을 아무리 과시한들 내가 동무 삼을 이라곤 아이와 동물 들밖에 없었다. 이렇듯 내 일은 바라봄의 대상이었던 반면에 나는 당신이 하는 일을 볼 수가 없었다. 텔레비전 화면이란 한 방향으로만 향하는 법이니. 당신은 외롭지 않았는지도 모르겠다. 당신에게는 언제나 지켜볼 상대가 있었으니까. 이런 걸 일컬어 보살핌이라고 한다.

인생도 그렇지만 아내가 어떻게 풀릴지는 두고 봐야 알 수 있기에 그이가 하는 집일을 당신이 신중히 살펴야 하는 건 기본이다. 당신이 아무리 분별력 있는 여자와 결혼하고 그에게 집을 장만해 준들 아내는 점차 비이성적으로 변할 수 있다. 심지어는 호텔을 요구할 수도 있다.

엽서 #12 – 파트 타임

(이 엽서에는 호텔 수영장이 담겼다. 호텔 창가로 추정되는 창으로 바라본 모습이다.)

당신과 갈라선 후로 혼자서 집일을 돌볼 때면, 나를 지켜보는 것은 이제 당신의 역할이 아니고 그러므로 당신이 더 이상 나를 지켜보고 있지 않다는 것을 알기에 나는 깊은 만족감을 느낀다. 나 자신을 위해 집을 꾸리는 기분이다. 당신이 도로 나타나거든 그 아늑한 느낌은 깨지고 신경이 곤두설 것이다. 내가 그날 한 일들을 당신이 보살펴야 한다는 생각에, 그리고 당신에게 내 일하는 모습을 보여 주기 위해 당신이 보기에 좋고 또한 보고 싶어 하는 방식으로 일을 처리해야 할 테니까.

당신이 집에 있으면서도 눈길을 주지 않는다면 나는 불안할 것이다. 당신이 지켜보고 싶어 하지 않는다는 사실이, 그런 방식으로조차 집에 참여할 의사가 없다는 사실이 날 불안하게 만들 터였다. 내겐 그 눈길이 필요했다. 당신이 보지 않으면 그건 일이 아니었다. 일이 아니라면 그건 시작도 없고 끝도 없었다. 당신이 보지 않는 한 내 집일에는 갈피가 없었다.

나를 바라보는 입장에서는 이러한 내 집 꾸리기가 유별나 보였겠지. 짐승이 잔가지와 부스러기, 제 털과 체액으로 본능에 따라 무언가를 지을 때처럼. 그들이 그러는 이유는 아무도 모른다.

누가 나한테 그러라고 요구한 적도 없는데, 그렇지?

그럴지도.

엽서 #-11-자리에 없음

(이 엽서는 여섯 개의 네모 칸으로 나뉘어 있으며 그 중 다섯 개 칸에 고대 기념비가, 여섯째 칸에는 호텔이 들어 있다.)

되감기: 난 집에 있다. 머지않아 내 전남편이 될 사람은 집에 없다. 뻐꾸기시계에 든 한 쌍의 나무 인형처럼 하나가 안에 있을 때 다른 하나는 밖에 있다. 종일 잠잠한 하루였다. 집이 얼마나 고요할 수 있는지 그간 잊고 지냈다. 이혼을 향해 굼실대며 다가갈수록 결국은 그만큼 더 고통스러워지리란 걸 안다. 어제 느낀 그 끔찍이도 공허한 고통에 더욱 가까워질 테지. 어제, 당신이 떠나도록 내가 기어이 설득해 냈다는 사실을 깨달았을 때 느낀 그 고통, 그 끝이 보이지 않는 차분

한 공황 상태에. 하지만 마음을 굳게 먹고 그리로 향해 갈수록, 내가 느끼는 성취감도 증가한다. 내가 원하는 것이 뭔지 나는 이해할 수도 예측할 수도 없다. 다만 떠남의 절실함만을 신뢰할 수 있을 따름이다. 그래야만 한다. 이미 그리하고 있다.

난 당신이 가고 없을 순간만을 기다리며 시간을 보냈던 걸까? 당신이 가고 없는 이제부터는 당신이 돌아오기를 마냥 가망 없이 기다릴까? 당신이 가고 없기를 바라는 마음은 이리도 미묘하게 작동한다. 여기 없는 당신인데도 그런 당신의 얼마나 많은 부분으로부터 나 자신을 방어해야 하는지. 몇 주 동안이나 당신이 떠날 날만을 고대해 왔는데. 이제 옆방에서 들려오는 당신의 숨소리를 들으며 내 숨을 참는 저녁과도 작별이다. 옆방을 독서방으로 쓰게 될지도 모르겠다.

당신이 내 곁에 없으므로 당신을 기다릴 때 느끼던 외로움도 이제는 없다. 더 이상 기다릴 필요는 없는데, 다만 아직 책 읽을 여유는 키우지 못했다. 이건 다른 종류의 외로움이다. 어쩌면, 초기에는, 이 편이 더 힘들지도 모른다.

내 멜랑콜리를 몰아 다른 무엇인가로 바꿀 테다. 그래야만 할 것이다. 이 종류가 다른 외로움을 나는 배워야 한다: 다시는 그를 볼 일이 없을 것이다.

엽서 #-10-호주머니

(이 엽서는 전형적인 바닷가 경치와 그를 바라보고 앉은 모델을 담았다. 모델은 우리에게 등을 보이고 있고, 그의 접의자 밑에 호텔 이름이 적혀 있다. 이 호텔은 체인 호텔이다. 내가 찾은 지점에는 해변이 없다.)

되감기: 결혼 생활에 숨어 있는 생각의 폭력 중 하나. 당신이 집에 없을 때 난 당신 호주머니를 뒤지기 좋아했다. 무엇이든 입증해 줄 단서를 찾을지도 모를 일이었다, 그 무엇이 뭐가 될지는 나도 몰랐지만. 주머니가 있는 것도, 주머니에 넣을 것이 있는 것도 남편이다. 내 호주머니들은 작고, 아예 봉해진 경우도 있다(뭐든 집어넣었다가는 옷매무새를 망가뜨릴지 모른다는 걸 상기시켜 주는 장치다). 나는 호주머니에 뭘 넣는 일이 드문 반면에 당신은 늘 호주머니를 영수증, 메모지, 수개월 지난 불법 주차 딱지 따위로 가득 채웠다. 바닥이 닳고 닳아 내용물이 옷 안감으로 흘러내릴 지경에 이르도록 주머니를 채웠다.

그 속에서 내가 무얼 찾아내건, 그것이 당신에 대해 뭔가 알려 주는 경우는 결코 없었다.

엽서 #-9-취한 시간

(이 엽서는 호텔 욕실을 보여 준다. 욕실은 텅 비었다.)

되감기: 집에 있을 때 나는 일주일에 두 번, 어떨 때는 그보다 더 자주 비틀대며 취중으로 향했다. 언제나 기다리는 와중에 그랬다. 그리고 그럴 때마다 퀴퀴한 곰팡이내를 맡을 수 있었다. 자벨수인가 뭔가의 썩은 내보다도 더 썩은, 그 특유의 꽃향기를. 그건 쇠락의 냄새, 혹은 그 반대다. 하지만 이제 당신이 여기에 없으므로 그때만큼 술을 마실 필요가 없다. 함께할 수 있는 일을 놔두고 당신 혼자서만 뭔가 하고 있으리란 생각으로 마음 졸이는 일도 없다. 설사 내가 여기서 혼자, 언

제나처럼, 침대에서 책을 읽고 있다 해도. 이는 허락된 일이다. 난 당신이 저녁 시간을 보내는 방식이 불만이었다. 당신이 하는 무해한 일 하나하나가 나를 업신여기는 것만 같았다.

이혼해도 된다는 사실을 그간 잊고 지냈다. 지방인 이곳에서 난 이혼한 사람을 알지 못한다. 런던에 사는 친구가 이메일을 보내, 야야, 내 친구들 중에 안 그런 사람 없어, 라고 했다. 그제야 난 정상으로 돌아온 기분이었다.

엽서 #-8-저녁

(이 엽서는 금박 액자가 둘린 거울을 반쯤 담고 있다. 엽서의 나머지 부분에는 호텔 주소가 적혀 있다. 나는 이 호텔에 묵으면서 엽서에 실린 거울처럼 생긴 거울을 보지 못했다.)

되감기: 한바탕 울고 났더니 남은 건 두통이었다. 아님 감기려나? 나는 동반자 의식이라는 환상을 찾고자 했고, 당신과 내가 나란히 앉아서 집일이 아닌 일을 해도 문제 될 게 없으리라고 생각했다. 그러나 정작 깨달은 건 당신이 이런저런 소리를 내는 사람이며 내가 이런저런 소리를 내는 사람이란 사실이었고, 더욱이 이 소리들이란 게 하나같이 잘못된 소리였다. 어쩌면 서로 속속들이까지는 모르고 지내는 것도 괜찮은 일인지 모르겠다, 서로에 대한 무지를 보존하는 것도. 결혼이란 게 그런 건지도 모르겠다. 우리는 일을 중단했다. 난 책을 읽었나. 당신은 텔레비전을 봤다.

한때 당신과 한 침대에서 잠을 잘 수 없던 때가 있었다. 그 다음에는 한 식탁에서 식사를 할 수가 없었다. 당신과 함께 무언가를 하지 않는 장소가 어딘가에는 반드시 있기 마련이었다.

그러니 잠을 설쳤을 수밖에. 그 전날 밤과 전전날 밤도 마찬가지였다. 그리고 여전히 설친 밤이 그렇지 않은 밤을 웃돈다. 그리고 노트에 글을 쓴다는 것은 불만족을 의미하고, 불만족은 글쓰기를 의미한다.

엽서 #-7 – 결혼한 시간 2

(이 엽서는 호텔 객실의 정돈된 침대와 침대에서 바라본 창가를 담았다. 창문에는 망사 커튼이 달렸다. 사진사가 침대에 앉아 찍은 것일 수도 있겠다.)

되감기: 오늘 당신은 퇴근하고 한잔하러 갔다. 난 이미 상당한 시간을 우리 아이들과 걔네 친구들을 돌보며 보내고 있던 참이다. 난 시계를 오 분 전에, 이 분 전에 확인했고, 이 분 후, 오 분 후, 십오 분 후, 삼십 분 후에 확인했다. 당신에게서 마침내 연락이 왔을 때 나는 당신의 의사를 묵묵히 그리고 나부시 받아들였고, 더 늦게 놀다 오고 싶지는 않냐고 물었다. 결혼이란 이런 것일 테지. 서로를 위해 각기 공간을, 각자의 방을 마련해 주는 것. 그런데 내가 방에 그리고 집에 있는 지금, 당신은 그렇지 않다. 오늘밤 나는 결혼 생활을 경험하고 있으나 당신은 그렇지 않다. 당신은 결혼하지 않았더라도 직장 동료들과 한잔하러 갔겠지만 나는 결혼이 아니었다면 이 방에 있지 않았을 테니까. 결혼은 당신과 나의 관계로부터 비롯하는 제약들을 의미한다. 결혼한 시간은 귀퉁이들이 잘려

나간 시간이다.

당신은 내게 말했다.

그 정도면 다른 여자들 처지보다야 낫잖아.

아니면 이렇게 말했나?

당신보다 처지가 못한 여자가 얼마나 많은지 알아?

다른 남자들보다 내 처지가 더 나은지 못한지는 물은 적이 없다.

당신 처지에 비해 더 나은지 못한지도 묻지 않았다.

엽서 #-6-화난 시간

(이 엽서는 호텔의 옥상 수영장을 보여 준다. 수영장은 텅 비었다.)

당신은 나랑 같이 있고 싶다고 말한다.

당신이 그런 말을 하는 건 여기 있지 않을 때뿐이다.

여기 있지 않을 때 당신은 지금 어디에 있으며 언제 돌아올 예정인지 말해 주지 않는다.

우리가 '함께'인 사이만 아니었다면 그래서 안 될 것도 없다.

우리는 '함께'지만 함께 있는 일이 드물다.

당신은 우리가 모든 시간을 함께 보낸다고 말한다.

우리가 집에 같이 있는 경우는 많아도 한방에 있는 때는 드물다.

집은 함께 있지 않음 또한 아우른다. 집에 있어 이는 필수적이다.

여기 당신이 없는 집에 내가 있다. 내게서 집 냄새가 진동한다. 그래서 당신이 내 근처에 오길 꺼리는 걸까? 집이 날 이렇게 만들었다는 사실을 견딜 수 없다. 우리가 함께 만든 집을 견딜 수가 없다.

돌볼 집을 내게 떠넘기고 당신은 떠났다. 이곳은 내 집인 만큼 당신 집이기도 하다. 나 혼자 이 집을 만들지 않았다. 난 집일을 싫어하지 않는다. 당신이 집일을 못 보는 것이 싫다. 난 당신에게 거들어 달라고 하지 않고, 다만 내가 집일을 하는 모습을 봐 달라고만 부탁한다. 거들어 달라는 말은 오래전에 관뒀다. 이제 나는 아무 부탁도 하지 않고, 당신은 그조차에도 응할 필요가 없어졌다.

그녀에게 집을 장만해 주다. 과연 누가 누구에게 집을 준다고 해야 하는 걸까?

집은 공간이 아닌 시간으로 측정하는 것이기에, 당신은 내게 집을 다시 마련해 주게 될 것이다.

매일같이 마련해 줄지도 모른다.

내가 이에 집착하는 것은 그러므로 타당하다. 내 입장을 생각하면, 난 이에 집착할 자격이 충분하다.

이성적인 아내라면 당신을 가만둘 것이다.

이성적인 아내라면 당신이 집에 없다는 사실을 순순히 받아들일 것이다. 그녀가 집에 있을 때 그녀는 결혼한 상태다. 집에 없을 때면 결혼하지 않은 상태다. 집에 있는 동안은 결혼하지 않은 상태란 것이 그녀에게 아예 존재하지 않는다. 즉 그녀의 일부분이 아예 존재하지 않는다. 집에 있는 내내 그녀의 일부가 부재한다.

엽서 #-5 – 떠나는 시간

(이 엽서는 호텔 레스토랑을 담고 있는데 그곳에서 식사 중인 사람이 아무도 없다.)

> 프로이트
>
> 예를 들어 후회와 참회, 자기 징벌의 성격을 지닌
> 순수하게 내적인 동기들도 있다.

도라는 K 씨를 떠날 수 있다. 또한 아버지를 떠날 수 있다.

단 떠나고 나면 자기 욕망을 만끽(혹은 시인)해도 좋다고 스스로에게 허락할 수가 없는데, 이는 그 욕망이 자신이 남기고 떠날 사람들과 관련돼 있는 까닭이다.

그러나 도라는 제게 주어진 시간을 떠날 수 없으며 제 장소로부터도 일정한 거리 이상은 갈 수 없고, 또한 자기를 원하는 사람들을 본인도 사랑할지언정 그들이 자신을 원하는 방식을 통제할 길이 없다.

그리하여 도라는 떠나는 대신에 프로이트와 계속 대화를 이어 가기를 거부한다.

도라는 주변 사람 모두(K 씨, K 씨 부인, 자기 아버지)가 각자의 집으로 돌아가길 원한다. 그걸 원한다는 점에서 그는, 어쩌면, 제 어머니를 닮았는지도 모른다.

나 역시 모든 게 정돈되어 제자리에 있길 바랐다. 그럼에도 어떤 것도 제자리에 있지 않으니, 그렇다면 애초 내가 그러한 욕망을 품은 것이 잘못이라고 해야 하는 건지도 모르겠다.

매일의 구조의 일부이던 사람이 어느 날인가 떠나 버리면, 그다음에는 어떻게 되지?

엽서 #-4 – 이름 없음

(이 엽서는 호텔 윤곽 그림을 담고 있다. 호텔 벽이 옆 건물에 이르기도 전에 희미하게 사라진다.)

당신과 난 각각의 개인적 바람을 충족시키고자(우리는 우리가 개인이라고 가르침받아 왔기에) 결혼 제도에 발을 들였다. 막상 그런 뒤로는 결혼의 영역 안에서 찾아낸 것에 만족해야만 한다는 사실을 깨닫게 되었는데, 우리가 결혼에서 찾은 것이 여느 사람들이 찾아낸 것을 능가하는 일은 물론 발생하지 않았다. 결혼이라는 문제는 호텔이라는 문제와 같다.

나는 당신의 욕망, 그리고 다른 이들의 욕망을 미리 짐작하려 들었다. 나 스스로를 호텔로 만들어 버렸다.

엽서 #-3 – 이름 없음 2

(이 엽서는 호텔도, 인근 전망도 보여 주지 않는다. 그 대신 서핑하는 사람의 모습이 컬러로 인쇄돼 있다.)

좋은 분석가를 찾을 수 있으면 좋겠다. 내가 빠져나갈 길을 찾도록 도와줄 만한 사람을 물색한다. 좋은 분석가를 뒀다고 얘기하는 친구들은 전부 다른 곳에 산다. 마냥 찾아볼 수도 없는 노릇이다. 재정적인 이유에서도, 감정적인 이유에서도 난 적을 둘 무언가가, 적을 둘 사람이 필요하다. 좋은 남편을 찾을 수 있기를 바라듯이 좋은 분석가를 찾을 수 있기를 바란다. 좋은 집을 찾을 수 있기를 바라듯 바라지는 않는다. 좋은 집을 찾을 수 있기를 나는 더는 바라지 않는다. 집 없이도 결혼하는 것이 가능하다면, 그렇다면 잘 풀릴는지도 모르겠다.

엽서 #-2-끝맺기

(이 엽서는 바다 위에 솟은 절벽을 보여 준다. 호텔이 등장하지 않는 이 사진은 호텔에서 찍은 것일 수도 그렇지 않을 수도 있다.)

당신에게 보내지 않은 이메일에 대해 당신에게 이메일을 보낸다.

이메일을 보내지 않았다는 내용의 이메일을 당신에게 보낸다.

— 나쁜 내용은 아니었어.

— 다행이네.

— 그래도 안 보냈어.

— 왜 안 보냈는데?

내가 당신과 다시 말을 하고 있다면 그건 애초 우리 사이에 아무런 사연이 없었다는 의미일까?

줄거리란 건 책에는 이로울지언정 인생살이에는 해롭다. 줄거리는 불안과 같다. 나쁜 일이 벌어지리라는, 이미 벌어지고 있으리라는 두려움이다. 그럴 바엔 차라리 뒤로 가면 안 되나? 호텔에는 줄거리랄 게 없고 그렇기에 그곳에서는 정말로 나쁜 일은 일어나지 않는다. 내가 호텔에서 지내는 동안은 언제 벌어질지 모를 나쁜 일도 당분간 보류되는데, 그래도 여전히 호텔 밖 어디에선가 벌어질 순간만을 노리고 있을 것이다. 그 와중(내가 호텔에 있는 동안)에는 그 무엇도 끝이 나지 않을 테다. 난 끝을 내려고 힘들여 나아가고 있다. 당신을 떠나기까지 했으나 여전히 결말은 당도하고 있지 않다. 결말은 호텔이라는 곳에는 당도하지 않는다.

도무지 끝을 못 맺겠다. 이미 끝낼 건 다 끝냈다고 생각했는데. 어째서 끝을 맺을 수가 없는 거지?

엽서 #-1- 돌아가기

(내가 묵어 본 대다수 호텔에서 제공하는 인조 가죽 폴더 속 엽서와 마찬가지로 이 엽서도 더블 침대가 놓인 빈 객실을 담고 있다.)

되감기: 새벽 세 시에 호텔에서 눈뜬 나는 집으로 돌아가는 비행기표를 샀다.

돌아가면 집이라도 있을 테니까, 라고 생각했다. 방세를 걱정할 일은 없을 거잖아. 미용실에 가는 걸 고민할 필요도 없고. 세일 기간까지 기다리는 대신 시즌 신상품이 들어올 때마다 옷을 살 수도 있어. 내가 좋아하는 디자이너 부티크에서 재킷 한 벌과 바지 한 벌, 드레스 한 벌을 살 수도 있고, 사겠어. 그걸 다 사면 돈이…… 얼마나 드려나? 돈 쓰는 습관만 안 들이면 몇 푼 되지도 않아.

공항 점포에서 나는 헤아리지 못할 호텔 눈물이 남긴 눈 밑 주머니를 말끔히 지워 주겠다고 약속하는 크림을 발라 봤다. 그런데 크림 가격이…… 얼마? 내가 스스로에게 쓰고픈 금액을 훨씬 웃도는 액수였다. 정말로 원했다면 난 그 크림도 살 수 있었다.

그래도 몇 푼 되지 않았을 거다. 거저지 거저…….

비행기 표는 칠십이 파운드.

얼마 되지도 않는다.

그리고 불과 며칠 후에 슈퍼마켓에서 F를 만났다. 이혼한 F를. 재결합했느냐고 F가 물었다. 난 그렇기는 한데……, 라고 운을 뗐는데 그 이상 말을 잇기도 전에 F가 그거 잘됐네, 했다. 그런 말을 굳이 왜 해야 했는지 모르겠다.

난 기억한다. 당신을 만나기 전에 내가 사랑을 얼마나 낙관했던가를.

이 모든 것을 겪고도 사랑에 대한 내 생각은 하나도 달라지지 않았다.

4
홈텔

그가 삶의 터전을 미처 노래하지 못했기에

말라르메의 「백조」, 앤 카슨의 『알베르틴 워크아웃』에 수록된 카슨 본인의 번역◊

출 연 진 **마르틴 하이데거** 철학자

지그문트 프로이트 정신분석가

오디세우스 손님 / 자택 보유자

누군가 친구(?)

라이브러리 호텔 호텔

1

하이데거

인간의 집 없음이 인간이 거주라는 실질적인 곤경을 여전히 곤경으로조차 여기지 않는 사실로부터 성립하는 것이라면? 그러나 인간이 자신의 집 없음에 대해 생각하기 시작하는 순간 그것은 불행이기를 그친다. 바르게 숙고하고 심중에 잘 담아 둘 때, 집 없음이야말로 필멸할 인간을 저희 거처로 부르는 유일한 호출이다.

◊ 영역 원문은 "he failed to sing of a region for living"이다. 앤 카슨의 『알베르틴 워크아웃』*The Albertine Workout* 전문을 '런던 리뷰 오브 북스'London Review of Books 웹사이트에서 확인할 수 있다.

우리가 결혼하고 얼마 지나지 않아 집을 호텔처럼 꾸미는 것이 한창 유행했다. 홈텔hometel은 어찌 생겼는가? 우린 잡지 지면에서 그 모습을 확인했다. 홈텔이란 대부분 희고 정갈하고 간소했다. 어둔 톤으로 견고히 마감한 표면들—주로 나무와 슬레이트 재질이었다—위를 부드럽고 흐릿한 것들이 뒤덮고 있었다. 호텔을 닮은 이러한 집을 담은 여러 사진에서 투숙객이라고는 찾아볼 수 없었다. 방들은 만반의 준비를 갖췄건만, 손님이 없었다.

집을 꾸릴 생각에 나는 부풀어 있었다. 다만 내가 이미 살아본 집일 수는 없었다. 그렇다면 어떤 이상으로서의, 이상적인 집을 그린 걸까? 그런지도. 보아 온 것 말고는 달리 무엇을 욕망해야 할는지 알 수 없었던 나는, 호텔이 내게도 올 수 있지 않을까 자문해 보았다.

우리의 첫 집은 셋집으로 가구가 모두 갖춰져 있었다. 진작 가진 것이 없던 우리는 결혼한 첫날 밤, 우리를 기다리고 있던 선물들로 집을 채웠다. 차가 있는 사람이 집까지 배달해 주었고, 그날 우리는 잠자리에 들기 앞서 포장부터 뜯었다. 선물들은 은색과 흰색 종이로 포장돼 있었고 저들도 대개 희거나 은빛을 띠었다. 그릇, 찻잔, 냄비, 촛대 한 쌍. 물론 그날 우린 섹스도 했다. 그것도 바닥을 뒹구는 티슈 종이 더미 위에서 말이다. 하지만 그보다도 선물 포장을 뜯는 것이 급선무였다. 섹스야 전에도 해 본 반면에 이런 물건들은 당신이고 나고 그때껏 가져 본 적이 있었어야지!

집은 집적이다. 소유물의 쇄도. 어떤 집은 아예 사물로 이룬 역사다. 대학에 간 자녀들이 갓난아이 적 책들을 훑어보러 돌아오고, 부모는 이제는 작아져 못 신게 된 자식들 신발 틈을 헤집으며 집을 오간다. 물건을 붙들고 사는 이런 경향이 곧 집을 만든다. 찻주전자에 간 금으로 가족사의 주요 일자들을 가늠하듯 말이다. 이렇게 사는 가족들도 물론 있지만 나는 그에 일체 가담하고 싶지 않았다. 물건에 대한 책임을 지고 싶지 않았다. 당신은 물건을 간직하길 좋아했지만 나는 버리길 좋아했다. 포장지서부터 영수증, 종이 쪼가리, 오래된 서류 묶음까지 가리지 않고 버렸다(다른 것이 들어올 여유 공간을 만들기 위해서려나? 그런데 그 다른 게 뭘지 난 모르겠다). 버릴 것은 노상 나온다. 그런데 난 나와는 달리 물건을 간직하는 경향이 있는 사람들이 꾸린 집에서 시간을 보내는 것 또한 즐겼다. 정작 나 자신은 날짜에 매이지 않은 채 다른 사람들에게 의미 있는 날들을 닻 삼아 부유하는 것이 좋았다.

집에서 우리는 모든 걸 옳게 차려 보려 했으나 모두가 제자리를 찾기도 전에 이미 부분들이 쇠퇴하기 시작했다. 한데 어울림직한 짝지들을 사 오기도 전에 여기저기 흠집이 가는 물건들이 생겼다. 특히 당신, 당신이 뒤처졌다. 아니면 내가 그랬나? 뭐든 길이 들면 한층 근사해 보일 법도 한데 우리가 가진 것들은 제대로 닳지를 않았다. 그러고 보면 뭐든 꼭 엉뚱한 곳부터 먼저 해지기 마련이다.

결혼 초기에 집으로 들어간 것들 중에는 영영 그 집을 떠나지 않을 것도 있다. 포크, 깡통 오프너, 냄비, 의자. 가재 중 또 일부는 내가 떠나거든 나와 함께 떠나게 될 터, 침대들이 눈을 깜박거리며 환한 나절로 나올 테지. 한편으론 그렇게 세간을 질질 끌고 나오는 게 불공평한 건 아닌가 싶다. 긁힌 다리며 주름진 침대보째로, 반쯤 죽은 채로 일광으로 끌어내자니 말이다.

호텔은 물건이 수시로 오가는 곳이요 허름한 물건이라곤 일절 없는 공간이다. 부러 허름하고 낡아 보이게 꾸미는 섀비시크shabby chic 인테리어를 지향하지 않는 이상은 말이다. 집에서 온 물건이 호텔에 들어가는 경우는 드문 반면에 그 반대 경우는 종종 발생한다. 호텔에서 빠져나와 집으로 들어가는 것들이 있다. 무료로 제공되는 자잘한 것들, 예컨대 샴푸라든가 비누 같은 것들 말이다(엄밀히 호텔비에 포함된 물품이라고 할 수 있다). 하지만 투숙객이 램프를, 바닥에 깔린 러그를, 벽에 걸린 그림을 가져가는 경우는 없을 것이다. 일부 손님이 가운을, 목욕 수건을, 재떨이를 가져가는 경우는 있어도 말이다. 내가 아는 사람 중에는 이런 물건을 모으는 이도 있다. 모아서 저희 욕실에 진열해 두거나 그보다 더 흔하게는 손님방에 진열해 둔다. 집에 온 손님들이 제 집 같은 편안함 대신에 호텔에 와 있는 기분을 느끼도록 만들려는 처사다.

이런저런 대상에 생각이 미치는 일은 내가 그것들과 거리를 둘 때 벌어진다. 호텔에 있는 동안은 집의 이러저러한 정황과 얼마간 거리를 둘 수 있는 반면 호텔에 있는 사물과는 거리를 둘 수가 없다. 그 중에는 내 집에 있는 것들과 다를 바 없는 물건도 있는데 웬일인지 나는 호텔에 있을 때면 집에 있을 때와는 전혀 다른 방식으로 그것들에 반응한다. 호텔이 아니고야 모든 게 이리도 딴판인 장소가 어디 있겠으며, 이리도 쉽사리 폐기되고 이만큼이나 숭배되겠는가? 작동을 그치는 즉시 교체되는 것들로 가득한 만큼 호텔은 그 자체로 사물이다. 호텔에서는 모든 것이 알맞추 차려져야 한다.

2

우리가 두 번째로 살았던 집(융자받아 마련한 집으로 가구가 갖춰져 있지 않았다)에 두려고 내가 구입한 것으로는 흰 침대 시트, 베이지색 안락의자, 흰색 커튼이 있었다. 그이는 붉은색 소파를 샀다. 나는 겁이 났다. 난 '코끼리 숨'이라는 색으로 벽을 칠했다. 그이는 흑단 빛깔 줄무늬가 진 러그를 샀다. 나는 욕실에 둘 흰색 러그를 샀다. 그건 몹시 비실용적이었다. 그이는 흰색으로 된 주방 유닛을 들였다. 얼룩을 숨김없이 드러내는 표면이었다. 내가 거실에서 요조숙녀였다면 그이는 부엌에서 숙녀였기에, 내가 조리사로 분하는 부엌에 그이는 아예 없었다. 나도 그이도 둘 다 요부였던 것도 같은데 반드시 침실에서만 그랬던 것은 아니다.

그 붉은색 소파. 그이가 일등으로 자국을 남겼다, 핏빛 자국을. 나는 언제고 피를 담고 다니는 사람이었다. 그리고 때때로 그 피를 밖으로 내보냈는데, 그건 베이지색 일색인 환경에서는 썩 실용적인 일이 아니었다. 한번은 내 (여자이며 나이가 더 많은, 잠시 방문 중이던) 친구가 "변기 안에 왜 피가 있어?" 하고 물었다. 난 흰 도자기 안을 내려다봤다. "글쎄, 내가 그런 모양이네." 그 친구는—잠시 동안—어리둥절해했다. 내가 방문한 여러 호텔을 돌이켜 보면 침대 커버 색상과 무관하게 이불 속이 하나같이 희다. 그 중 한 호텔에서 나는 역시나 하얗던 시트 위에 피를 흘렸고, 결국 샤워머리에 대고 헹궈 헤어드라이어로 말려야 했다. 나에겐 호텔에 대한 의무가 있었다. 인간성을 과도하게 드러내지 않을 의무가.

프로이트

여성들이 저희 성기의 외형에 갖는 자부심은
그들 특유의 허영심을 구성하는 특별한 요소로,
관련 질환 중에서도 불쾌감과 심지어는 혐오감을 주고자
존재하는 것인 양 여성 본인들이 간주하는 부인성 질환은
그들에게 엄청난 치욕감을 준다.[1]

호텔은 이상적이고 이상적인 호텔에서는 나 또한 이상적이다.

당신은 언제나 호텔에 가는 걸 꺼렸다. 그 이유를 이제야 알겠다.

그래도 내 호텔 방에 이리 혼자 누워 있는 편이, 말을 걸어오는 것을 원치 않아 하는 사람에게 침대보와 식탁보의 희디흰 거리를 가로질러 말을 거는 것보다는 기분상 낫다.

프로이트

K 씨 부인에 대해 이야기할 때 도라는……
그녀의 "보기 좋게 흰 몸"을 칭찬했다.

집에서 나는 침대 커버를 죄다 벗겼다. 침대는 헐벗어 보였다. 그리고 더 이상 하얗지 않았다. 우리의 음화가 그때 던 살갗이 찍혀 있었다. 더 이상 우리의 침대도 아니었지만 말이다. 집에서 우리의 임시적 그림자는 영구한 가구 위로 얼룩처

럼 번져 나갔다. 세월이 길어질수록 그림자는 짧아졌다. 그 반대일 거라고 내심 짐작하기 마련이었을 테지만, 그러니까 우리 삶의 비율이 우리가 소유한 책과 냄비와 그릇과 우리 집의 벽돌과 회반죽, 즉 집짓기 재료에 대한 백분율로서 점차 불어나갈수록 우리가 그 위에 정비례한 흔적을 남기게 되었으리라고 으레 생각하기 마련이었을 테지만, 실제론 사물들은 줄어들 기미를 보이지 않는 반면에 우리의 그림자는 처음 한동안은 길어지는 듯이 보였으나 기어코 그 사물들에 부대끼며 점차 기진해, 나절을 이동해 사그라지는 해를 따라서, 잘게, 닳아만 갔다.

의자 하나만 옮겨도 방은 임시적으로 변한다.

3

하이데거

우리는 지었기에 거주하는 것이 아니라

거주하므로, 즉 우리가 거주하는 존재이기에

짓고 또한 지어 온 것이다.

「건축함 거주함 사유함」Bauen Wohnen Denken이라는 에세이에서 하이데거는 bauen(독일어 동사 '짓다')이 '거주하다'의 의미 또한 지닌다고 설명하고 있는데, 영어의 경우 dwell[거주하다]이라는 단어와 to build[짓다] 사이에는 연관성이 없다. 『웹스터 사전』(1913)은 dwell을 다음과 같이 정의한다.

1 지연하다; 서성이다.

2 머무르다; 남다; 계속하다.

동의어로는 '살다, 거하다, 주거하다, 묵다, 체류하다, 지속하다, 머물다, 쉬다'가 있다.

영어에서 dwell은 윤하임리히한 단어, 즉 제 반대를 내포한 단어다. dwell의 어원은 고대 영어의 dwellan으로 이는 '오도하다, 저해하다, 지연하다'를 의미한다(중세 영어에서는 '지체하다, 어느 장소에 남다'를 뜻한다). 이는 게르만어에 기원을 두고 있으며 '놀래다, 당황하게 하다'를 뜻하는 중세 네덜란드어 dwellen 및 '지연하다, 지체하다, 머물다'를 의미하는 고대 노르드어 dvelja와 연관되어 있다.

고대 영어의 dwellan이란 단어는 또한 '오도하다, 속이다'라는 뜻을 지니는데 이는 원래 '바보 만들다'를 의미하는 게르만어의 공통 조어 dwelan에서 온 단어이며(같은 어원을 가진 단어로 고대 노르드어에서 '지연하다'를 뜻하는 dvöl과 '잠자다'를 뜻하는 dvali, 고대 고지 독일어에서 '저해하다, 지연하다'란 의미로 쓰이는 twellen, 덴마크어에서 '인사불성, 반혼수상태'를 뜻하는 dvale와 '마취성 열매'를 뜻하는 dvaelbær가 있고, 이로부터 중세 영어에서 '까마중'nightshade을 의미하는 dwale이 유래한다), 인도유럽어의 공통 조어 dhwel-, 즉 '먼지, 구름, 증기, 연기'(그리고 이와 연관된 '지각 능력이나 지력의 결함')의 의미를 담은 어근 dheu-의 확장된 형태에서 기인한다. 그리고 '오류, 이단, 광기'를 뜻하는 고대 영어 gedweola와도 연이 닿는다. 그러다가 중세 영어에 이르러 의미가 '저해하다, 지연시키다'에서 '서성이다'로 변했고(1200년경에, 그리고 그 흔적을 'to dwell upon'[연연하다, 골똘히 생각하다] 같은 표현에서 여전히 확인할 수 있다), 이후 '터를 잡다'로 확장되었다(13세기 중반). 관련어로는 dwelled, dwelt, dwells가 있다.[2]

우리는 힘을 동원해 거주하고 속임수를 써 가며 거주하는 모양이다. 거주한다는 것은 우리가 행하는 것이 아니라 우리에게 행해지는 것으로 보인다('오도하다', '놀래다'). 우리는 거주된다.

미쳐야만 여기서 살 수 있는 건 아니지만, 그 편이 좀 수월할 거야…….

4

하이데거
집 없음에 대한 이러한 사유는
집의 부재를 한탄하는 것이 아니라
오히려 우리들 집에 내재한 사유 불가능한 것들과
관계돼 있다.

집. 어떻게 집 아닌 다른 곳에 살 생각을 할 수 있단 말인가? 집 이외의 곳들이란 집이 얼마나 좋은지 입증해 보이고자 존재할 따름인데. 그러한 곳들이 설사 테크니컬러에 해당한다 해도, 테크니컬러란 애당초—뭐랄까—지속 가능하지 않으니까? 반면에 집은, 홈텔 잡지에서 보았다시피, 흑백이다. 세상에 집만 한 곳은 없지, 이 말을 세 번만 반복하면 가닿을 수 있는 곳이 집인걸. 하지만 이 말을 하기 위해선 집이 아닌 곳에 있어야 한다. 집을 생각할 수 있는 건 오직 다른 장소에서다.

호텔에서 나는 집을 생각한다. 내게 너무나 많은 것을 요구했고 그 결과 생각조차 할 수 없게 만들었던 나의 집을. 집에 있는 동안은 속 편히 생각을 할 수가 없었다. 대신 늘 무언가를 하느라고 바빴는데, 그렇다고 무엇이건 짓고 있다는 기분이 드는 일을 한 것도 아니었다. 우리는 그곳에서 오랜 시간 살았다. 우리의 모든 지어 올림의 배경이 된 곳이 바로 그 집이었다. 그런데 이제는 현관문이 무슨 색이었는지조차 생각나질 않는다.

집의 일부분을 나는 이미 까맣게 잊었다. 내가 당신의 영역으로 여겼던 부분들이다. 그 공간에는 이제 발을 들이지도 않는다. 발 들일 생각을 하는 순간 더 많은 집일이 요구된다. 당신이 그 일을 할 리는 없다. 내가 하거든 보고 알기야 하겠지만, 그에 대해 각별히 생각해 보지는 않을 것이다.

문제는 일-안 함이 아니라 그에 이어 생각-안 함에 있다. 가끔씩 당신은 여기가 호텔이라도 되는 양 군다!

나는 생각할 수 없는 것을 생각해야 한다. 나는 집에 내재한 호텔을 생각한다.

5

하이데거

신적인 것들이 신적인 형태로 도래하기를 기다린다는

의미에서, 인간은 거주한다. 필멸할 인간은 희망을 품고 희망할 수 없는 것을 신다운 것 앞에 바친다.
신들의 도래를 알릴 암시를 기다리며 신들의 부재를 알리는
징표들을 오인하지 않는다. 인간은 저희 스스로
저희 신을 만들지 않으며 우상을 숭배하지 않는다.
불행의 한복판에서 그들은 거두어진 행복을 기다린다.

'크세니아'xenia는 고대 그리스 사회가 실천하던 낯선 이들에 대한 환대를 일컫는다. 자택을 호텔 삼되 돈을 받겠다는 마음 없이 숙소를 제공하는 것. 이 단어는 심방 온 신의 이름—행객들의 신으로 육체화한 제우스 크세니오스Zeus Xenios 신—과 손님서부터 적까지 모든 형태의 낯선 사람을 의미하는 '크세노스'xenos에 그 뿌리를 두었다. 환대하기, 적대하기—어느 쪽이건 남이 관여된다. 예컨대 오디세우스는 변장을 하고 숙박할 곳을 청하며 본인의 집으로 돌아왔다.

오디세우스
나 또한 한때는 내 소유인 집에서 사람들 가운데 거처한바,
유복한 집안의 부유한 주인으로서 내 집을 지나는
방랑객에게 그가 누구고 어떤 필요를 지니고 왔건 간에
선뜻이 선물을 베풀었노라.[3]

신이란(적어도 그리스 신) 내 집에 든 남이다. 집이란 신이 있지 않은 곳이다. 신에게서조차 사생활이 보장되는 곳이 곧 집이기에 그 동정을 들추려거든 신은 변장을 하고 와야 한다. 손으로서의 신은 dwell의 고대 영어적 정의에 따라 우리 가운

데 머문다. 즉 우리를 바보로 만든다. 운하임리히란, 프로이트에 따르면, 친숙한 것이 새로운 차림을 하고 귀환하는 것이다. 제우스 크세니오스 신이 변장하고 나타나 저를 환대하는 주인들의 덕스러움을 시험하더니만 몸에 걸친 망토를 벗어던진다. 수동 공격 행동의 전형이라니! 하지만 나만 해도 늘 환대하는 사람이 되고 싶었던걸. 모르긴 해도 내가 들인 수고를 확인할 목격자를 확보하기 위해서였을 테다. 우리가 집에서 파티를 열고 손맞이를 하리라 나는 상상했다. 언제고 문이 활짝 열려 있는 집, 천사들도 기꺼이 초대해 간대하는 그런 집이 되리라고. 그런데 실제로 우리가 그리했더라면, 우리 집을 찾은 손님들의 와중에서 우리가 신을 맞닥뜨린 경우가 몇 번이나 있었을까(혹은 몇 번이나 신을 못 알아보고 넘어갔을까)?

그렇다고 신을 두려워하듯 손을 두려워하리? 아니지. 신이 시찰 나온 호텔 감독관일 리 없고, 또 어느 손님이 초대받아 간 집을 호텔로 착각하겠어. 크세니아는 손님 됨까지도 아우르는 개념이다. 손님은 공경해야 하며 주인을 성가시게 해서는 안 된다. 집이라는 공간은 자기 뒤치다꺼리하는 법을 배우는 곳이니까…… 혹은 다른 사람들 뒤치다꺼리를 배우거나. 어디에나 편재하는 기독교의 신처럼 말이다. 어디에나 편재하고, 따지고 보면 호텔 객실 청소부나 호텔에 고용된 탐정에 더 가까울지도 모를 기독교의 신처럼.

누군가

(친구였나? 내 친구? 당신 친구? 기억나지 않는다)

너희 둘 다 애초 집을 꾸릴 사람들은 아녔어.

그래, 우린 둘 다 손님이었다.

집의 영역에 대해서도 신들이 애초 관세라든가 유사 혼전 계약서를 부과하고 요구했어야 했다. 그 대신에 우리는 서로를 손님 맞듯 맞이했으며 서로의 베개 위에 카드조차 남기지 않았다. 교환 이외의 무상 증정품은 없었다.

크세니아는 교환이었다. 고대 그리스의 접대자들이 일종의 선행 릴레이를 실천한 것도 사실이요, 저희가 받을 보상을 다른 때와 장소에서, 그것도 어쩌면 저희가 아닌 다른 이들이 (그렇대도 그들의 화신일 테지만) 지불받도록 유보한 것 또한 사실이나, 그럼에도 크세니아는 교환이었다. 그리스의 신들은 호텔에 머무는 법이 없었다. 크세니아가 있었기에 호텔이 불필요했다. 하지만 오늘날은 기독교 신이 재직 중이다. 기독교의 자선 개념을 내세워 이 신은 우리에게 교환을 바라지 말고 다만 베풀라고만 요구하니, 고로 누군가는 뒤치다꺼리를 해야만 한다.

호텔이란 공간은 나를 크세니아에서, 그리고 자선에서 벗어나게끔 해 준다. 이리도 여유로울 수가. 호텔에 있는 농안 나는 규칙일랑 훌훌 까먹고 샴페인으로 욕조를 채울 수도 있고 텔레비전을 창밖에 내던질 수도 있다. 내 행동에 가타부타할 사람 하나 없는 곳이 호텔이다. 투숙비를 치르는 한은 말이다.

돈을 다 내거든 그때 떠나야지, 하고 나는 스스로 다짐했다. 집값 말이다. 우리가 받은 주택 융자금을 전부 갚고 나면 우리 둘 간에는 아무 빚이 남지 않을 터였으니까. 그런데 돈을 모두 갚고도 나는, 적어도 그 당장은, 떠나지 않았다. 그러다가 몇 달이 지났고, 그제야 나는 떠났다.

6

하이데거

다리, 비행장, 경기장과 발전소는 건축물이긴 하나
거처는 아니다.⋯⋯이러한 건물들은 인간을 수용한다.
고로 인간은 그 안에 깃들어 머물기는 하되
그 안에 거주하지는 않는다.

건물이 거주를 위한 것일 필요는 없다. 호텔은 독일어 단어가 의미하는 뜻에서의 거처는 아니나 영어 단어의 뜻에서는, 다시 말해 제 반대의 의미를 내포한 단어의 정의에 따라서는 거처일 수 있다. 호텔은 머무르기 위한 곳이지만 여기서 가능한 머무름이란 그 반대를, 즉 떠남을 아우르는 머무름이다. 우리는 영어식 의미에서 호텔에 거할 수 있다. 그곳에 머무는 동안은 또한 놀라움에 사로잡히고, 잘못 인도되고, 약물에 취하고, 바보가 될 수도 있다는 뜻에서는 말이다. 우리는 우리가 그곳에 잠시 머무를 뿐이라는 것을 알고 그렇기에 그곳에서 우리의 미래를 짓고자 생각지 않는다. 내가 깃들인 집이 한 채의 건물일 따름이고 그곳에 있는 한 미래를 그리는 것이 불가능하다면, 다시 말해 내가 그 집에 거주하는 것이 아니라면, 그러나 그럼에도 호텔과 달리 쉽사리 떠날 수는 없는 공간이라면, 이야말로 터를 닦기는커녕 잡지도 못한 상황인 것이다.

떠나기란 쉽지 않았고 막상 떠난 뒤에 나는 다른 살 집들을 찾았다. 집처럼 보이지만 않으면 어디든 좋았다. 생활 시설을 갖춘 보트를 보러 가기도 했는데(내가 금전적으로 감당할 수 있는 유일한 곳이라고 생각했거나 생각하고 싶었다), 보트 주인이 그간 피워 온 담배 연기가 목재 깊숙이 서려 있었다. 나는 창고 집과 차고 집과 마구간 집을 보러 갔고 두 가구가 나눠 쓰는 연립 주택들 틈새기에 지어진, 한 층에 한 방씩 내고 침실은 다락에 올린 조막만 한 집들도 보러 갔다. 내가 방문한 집마다, 결혼한 부부의 침실마다, 결혼한 부부의 침대 옆마다, 예외라곤 없이 자기계발서가 꽂힌 선반이 자리해 있었다. 섹스, 연애, 가족, 그리고 간간이 돈에 관한 책들이 보였다. 침대 바로 옆자리에! 그를 제외하고는 집안 어디에서도 책을 볼 수 없는 집도 종종 있었다. 드물게 주방에 요리책이 있는 경우를 빼고는 말이다. 책을 안 읽는 사람이라도 돈을 지불할 용의가 있는 종류의 책이란 이러한 책이다.

그래 뭐, 우리 누구나 얼마간의 자구책은 필요한 법이니까. 연연하지 말자.

7

나는 방문한 적 없는 키프로스의 라이브러리 호텔 앤드 웰니스 리조트에는 '마르틴 하이데거 방'이라고 이름 붙은 객실이 있다.

웰니스라고?

프로이트

다만 그 개개의 비난을 화자에게로 하나씩 되돌려 보면 된다.

라이브러리 호텔은 투숙객들이 스스로를 돌보아 계발하도록 격려한다.

라이브러리 호텔

토털 셀프 케어를 위해 설계된 웰니스 욕조에서
우리 투숙객들은 원기를 고양시키고
심신의 웰빙을 경험하실 수 있습니다.

라이브러리 호텔을 방문한 이들 대다수가 호텔을 좋게 평가한다. 그렇지 않은 사람 중에는 부대 시설이 기대 이하였다고 불평하면서도 서비스는 좋았다고 말하는 이들도 있다. 또 다른 사람들은 호텔은 좋았지만 스태프가 별로였다고 말하기도 한다.

트립어드바이저(한 게시글)

호텔 측에 불만을 토로했는데 답도 없고
이 사람들 아마추어에 완전 개념 없어.

8

하이데거는 여행을 많이 다니지 않았다. 그렇다고 집에 있었던 것도 아니다. 그는 산 중턱에 오두막을 한 채 갖고 있었다. 말이 오두막이지 겉모습만 봐서는 웬걸, 호의호식에 가까운 곳이었다. 휴가철에 찾는 샬레풍 별장을 닮은 생김새에 내부에는 방이 여러 채 있고 짐작컨대 난방 시설과 조리 공간도 별도로 마련돼 있었으리라. 여기서 하이데거는 일을 했고, 내 생각에는 잠도 자고 끼니도 해결했지 싶다. 그렇지만 이곳을 일컬어 그는 집이라 하지 않았다. 자기 오두막이라고 불렀지.

트립어드바이저(게시글)

이번 구월에 유럽엘 가는데 기왕 간 거
일부러 시간 내서라도 하이데거의 오두막을 보러
토트나우베르크에 들를 거예요. 사유지란 건 알지만
밖에서 어떻게 생겼나만 볼 수 있어도 행복할 거예요.

사적인 것을 직시할 때 밖에서 바라보는 게 나을까, 안에서 바라보는 게 나을까? 호텔 안에 있는 한 난 생각을 할 수가 없다. 호텔에는 생각할 거리랄 게 전혀 없다. 집에는 생각할 거리가 지나치게 많다. 제대로 생각하려거든 여기에도 저기에도 있지 않을 필요가 있다. 나야 전용 오두막도 없다마는 라이브러리 호텔의 하이데거 객실에 묵는다면, 그럼 얼마간은 그곳에 거주하면서 또 그곳을 터 삼아 뭔가 지어 나갈 수 있으려나?

하이데거

집 없음을 생각한다는 것은 곧 그 안에 자리를 잡는 것이다.

거주하는 것은 지을 의도를 갖는 것이고, 그렇다면 나는 내가 사는 곳에, 적어도 그곳에 살고 있는 동안은 전적으로 거주할 수 없다.

거주는 무언가를 짓겠다는 최소한의 의도를 그 안 어딘가에 숨기고 있다.

이는 결혼도 마찬가지다.

지금 난 당신과 내가 거주가 가능한 집을 가졌던 때가 있는지 보려고 시간을 되짚는 중이다. 그런데 '거주하다'든 '기거하다'든 워낙 옛말들이란 말이지. 이런 말을 쓰는 사람이 남아 있기나 한가? 구글에 'xenia'를 검색해 보지만 나오는 건 비키니 입은 모델들 사진뿐이다. Stanford.edu 웹사이트에서 찾은 제니아조차도 예쁘장한 학생일 뿐 개념이 아니다. 내가 집이라는 공간에 너무 많은 기대를 걸었던 건지도 모르겠다. 난 머무는 것 말고는 그 이상 무엇도 더는 할 능력이 없는 건지도 모르겠다.

5
호텔 일기

이러한 동질적인 공간에서 연쇄성은 끊기고 시간은 폐지된다.
고로 국부적인 쾌락도 그 역사적인 요소들(달콤함, 호사로움,
보드라움, 두툼함)이 서로 상호작용하는 망이라든가
시간상 교차하는 지점이랄 것 없이 다만 이상적으로 병렬돼
있는 것에 불과하다. 호의호식은 근본적으로 깊이가 없는
투영投映의 공간, 전개랄 것이 없는 우연의 공간 안에서
인지된다. 여기엔 오로지 한 차원과 한 순간만이 존재한다.

미셸 푸코, 『임상의학의 탄생』[1]

출연진 **지그문트 프로이트** 정신분석가
마르틴 하이데거 철학자
도라 십대 소녀
메이 웨스트 섹스 심벌
화이트 호텔 호텔

로비

이보다 외로운 곳은 없다. 로비는 내가 가장 먼저 들통나는 곳이다. 비단 나만이 아니다. 영 생경하다는 게 로비의 문제다. 입구의 문은 한순간만 외부를 안에 들인다. 나는 쏟아져 들어오는 후끈한 거리의 공기로부터 문지방을 넘는다. 데스크에 선 여자들은 셔츠에 재킷 차림인 반면에 투숙객들은 반바지를 입고도 식지 않는 땀을 흘린다. 프런트에서 나는 터브

체어에 앉아 기다린다. 워낙 협소한 공간이라 의자들마저 공간을 적게 차지한다. 내 맞은편에선 승강기 몇 대가 오고 간다. 그 속에서 누가 걸어 나올까 가슴 설레며 기다린다. 삼십 대로 보이는 한 쌍의 연인, 고작 프레피 캐주얼로밖에 차려입지 못한 것이 민망하다는 듯 어깨를 움츠리고 있다. 호텔 입장에서는 실망할 만도 하다. 하지만 겉모습에 신경을 덜 써도 될 만치 힘들게 일한 사람들이 아니고서야 대체 누가 이런 호의호식을 감당할 능력이 있겠는가. 호텔 입장에서는 우리 모두가 실망스러울 터. 모든 것이 이토록 아름답고 이토록 기이한 곳에서 우리가 스스로를 알아볼 수나 있을까?

우리의 가당찮은 몸 밑에서 로비 음악이 피어오른다. 음악가들의 수고를 요하지는 않으나 듣는 이에게는 제법 수고로운 음악이다. 그렇대도 이 음악은 여전히 우리를 움직이게 만들 수 있다. 우리의 못생긴 팔다리를 자극할 수 있으며 술잔을 쥐고 바에서 돌아오는 우리를 덮쳐 속수무책으로 몸을 흔들게 만들 수가 있다. 노래는 우리가 어떻게 생겼으며 제가 언제 또 우리를 낚을 수 있을지를 개의치 않기에.

프로이트

여성 성기의 특정한 부위를 가리키는 해부학 용어로 Vorhof◊라는 단어가 있다.

◊ 해부학 용어로는 '전정'前庭으로 번역되나 일상어로는 '현관'이나 '들목', '어귀'를 의미한다.

로비에는 거대한 입술 모양의 소파가 있다.

이 소파를 메이 웨스트 소파라고 부른다.

초현실주의 화가 살바도르 달리는 영화배우 메이 웨스트의 입에 심취했다. 메이 웨스트 소파의 원본은 86.5×183×81.5센티미터(34×72×32인치) 크기로, 초현실주의에 각별한 흥미를 뒀던 영국인 예술 후원자 에드워드 제임스의 주문을 받고 달리가 제작한 것이다. 초현실주의는 꿈의 예술이었다. 그 일차 선언문(1924년)에서 앙드레 브르통은 이 예술 사조로 인해 "겉으로는 상치되는 꿈과 현실이라는 두 상태가 미래에 일종의 절대적 현실로, 말이 허락된다면, 일종의 초현실로 해소되리라"라고 주장했다.◊

메이 웨스트

난 자서전과 전기, 형이상학과 심리학 서적밖엔 안 읽어요.
픽션이라면 혼자서도 충분히 꿈꿔 낼 수 있으니까요.[2]

K 씨는 도라 입에 키스했다. 도라 아버지는 도라가 있지도 않은 일을 꿈꿔 냈다고 단언했다. 프로이트는 실은 도라가 그걸 꿈꿔 왔다고 단언했다. 도라는 기침을 하기 시작했고 호흡 곤란을 겪는가 싶더니 인후염을 앓았으며, 이어 목이 쉴 정도로 이야기를 늘어놓다가 급기야는, 대사를 잊은 배우처럼, 말을 뚝 그쳤다.

메이 웨스트는 무성영화계의 스타였던 적이 없다. 파라마

◊ 앙드레 브르통, 『초현실주의 선언』, 황현산 옮김, 미메시스, 2012, 75~76쪽.

운트사에서 1932년, 데뷔 배우치고는 이례적으로 고령이던 서른아홉 살 그에게 계약을 제안했다. 그 무렵 메이 웨스트는 이미 무대 배우로, 그리고 야한 보드빌 쇼의 작가이자 제작자로 명성을 떨치고 있었다. 그가 처음 올린 쇼의 제목은 「섹스」였다. 섹스는 그가 가진 매력의 핵심이기도 했지만 정작 웨스트 본인은 엄밀히 말해 섹시하다고는 할 수 없었다. 섹스에 대해 말하고 섹스에 대해 썼으며 또한 섹스처럼 보였음에도 말이다. 그는 섹스 심벌이었다. 웨스트는 엄밀히 말하자면 익살맞은 것도 아녔다. 특이해서 우습다 뿐이었지. 메이 웨스트의 농담이란 단조롭고도 공격적이며 아는 척하는 어조를 띤다. 한풀 꺾어 전달하면 웃길 농담도 아주 못박아 버리듯이 말한다. 그러니 어느 농이고 이미 들어 본 것처럼 들린다. 본인이 이미 주중에 여섯 번, 토요일에는 두 번씩 반복해 온 농담처럼, 아니 농담보다도 농담의 인정처럼, 반복처럼, 모방처럼 들린다. 그리고 이게 바로 메이 웨스트가 그리도 환상적인 이유다. 웃음을 자아내는 농담을 하는 사람이었더라면 웨스트는 그야말로 시시했을 거다.

로비에 놓인 입술 소파는 거대하다. 달리의 소파만큼이나 거대한데, 모양이 아주 같지는 않다. 질감은 해면 같다. 푹푹 꺼진다. 그 거대한 입 속으로 내 몸이 통째로 파묻힌다. 아예 집어삼켜질지도 모르겠다.

달리는 본인의 안위를 유지하고자 자기가 만든 여러 소파의 복세물 세작을 허가했는데, 이제는 모조품이 아무 제약 없이 만들어지고 있는 실정이다. 그는 자기 그림(이차원에 지나지 않는)에 기반해 제작되는 '기념비 크기' 및 중간 크기의 '미술관 버전' 조각에 대한 라이선스 또한 판매했으나, 허가받지 않은 복제물이 무작위로 늘어난 데다 모조품까지 무한정 증식함에 따라 주요 경매 회사들이 달리 조각품의 판매를 꺼리게 되었다. 대부분의 경매 회사가 로베르 데샤르네와 니콜라 데샤르네가 편찬한 카탈로그 『달리: 경질과 연질』*Dalí: Le dur et le mou*에 포함된 작품만 인정하는 추세다. 이 카탈로그가 애초 불완전한 데다 나날이 낙후하고 있음에도 말이다. 게다가 그로 인해 진품임에도 진품으로 확인되지 못하고 묻히고 마는 작품이 나오기도 하며 모조품이 고가에 판매되기도 했다.

메이 웨스트의 거리낌없고 공격적인 스타일은 모조가 불가능했다. 심지어 메이 웨스트가 여장 남우라는 소문도 돌았다. 1930년대 초반에 흥행한 몇 편의 영화로 이름을 알린 뒤로는 그러나 그의 배우 경력도 지는 해처럼 웨스트로 기울기 시작했다. 헤이스 코드Hays Code라고도 알려진 영화 제작 규정에 따라 그는 「클론다이크 애니」Klondike Annie에 이어 「고 웨스트, 영 맨」Go West, Young Man(모두 1936년 작)에서도 그 험한 입을 굳게 다물어야 했다.

프로이트

이와 마찬가지로 엉덩이와 두 볼이 서로 공유하는 성질과 '음순'과 입술이 상응하는 지점을 언어 관습에서도 확인할 수 있다.[3]

입을 다물고 있어도 도라와 웨스트 두 사람은 여전히 저희 몸 생긴 대로 보였다.

중요한 건 그거지.

나는 모종의 망설임을 무릅쓰고 메이 웨스트 소파 입새에 조심스레 몸을 맡긴다.

도서관(이자 로비인 공간)

한때 호텔 로비에 들어갈 도서관을 꾸리는 게 일이었던 친구가 있다.

도서관은 집에서는 대개 찾아보기 어렵고 보통은 학교와 대학, 시립 내지는 구립 건물에서 찾을 수 있다. 이곳 호텔 도서관의 경우 어떤 책을 소장하고 있는지는 중요치 않다. 책이 있다는 사실만이 중요하다. 대부분 휴가철에 반짝 달아오르는 독서열을 염두에 두고 선정한 책들인데, 휴가기에 혹은 휴가지에서 책을 읽는다는 것은 대개 지나치다 싶게 가벼운 독서를 의미하기 마련이다. 정작 그 목적으로 여기 장만해 놓은 책들은 부피도 무게도 전혀 가볍지 않지만 말이다. 이 책들은 해묵은 관계가 낳은 희생자고, 침대 시트를 하루이틀 뜨겁게 달군 애정 행각의 피해자인 셈이다. 앞쪽 몇 면에만 손 탄 흔적을 입고 버림받은 이 책들에서 헌신의 단서는 통 찾아볼 수 없다. 잡지류로는 프런트 데스크 앞에 펼쳐진 호텔 소개 책자와 호텔 광고 수익으로 두께를 불린 이곳과 무관한 여타 호텔 브로슈어밖에 없고, 그러므로 심리 상담사 사무실과 마찬가지로 이 호텔 또한 다수의 여타 호텔을 품고 있는 셈이다. 호텔 로비에 발 들이는 것은 완벽한 호텔 한 곳이 아니라 여러 곳에 들어서는 것이다. 그 효과는 실로 압도적이다.

하이데거

나는 언제고 여기에만 존재하지 않는다.

H 박사님께서는 무슨 뜻으로 이 말을 한 걸까? 미리 상상해 본 호텔만이 방문 가능하다는 뜻인가? 이 말은 우리가 우리 환경에 거주하지 않는다는 의미다. 우리의 생각은 동시에 다른 곳에도 머문다. 우리의 주변 환경은 언제나 다른 무엇인가를 암시한다. 이것을 일컬어 스타일, 양식이라 한다. 그래도 집에 있으면서 호텔에 대해 읽는 것은 즐거운 일이다. 호텔에 묵을 계획이 당장 없더라도 (혹은 그렇기에 더더욱) 즐겁다. 반면에 호텔에서 집에 대해 읽는 것은, 또는 내가 묵고 있는 이 호텔에서 다른 호텔들에 대해 읽는 것은 썩 유쾌한 일이 아닐지도 모르겠다.

도라는 자기 아버지가 세상을 뜨고 없는 꿈을 꾸었다. 아버지의 죽음에 개의치 않은 채 집에 앉아 책을 읽는 꿈이었다. 로비에 전시된 호텔 브로슈어처럼 책상에 활짝 펼쳐진 커다란 책. 프로이트는 이 책이 사전이었으리라고 생각했다.

프로이트

도라는 사전을 보고 알게 된 질병을 저 자신에게 부여함으로써 사전을 읽은 자신에게 벌을 주었던 것이다.

나는 호텔에 관한 글을 읽었으며 글로 지어진 그 호텔들에서 발견한 것을 토대로 나만의 치유책을 제조했다. 호텔은 글로도 지어지는 법이기에, 그리고 그 사실을 내가 모를 리는 만무하므로. 로비에 놓일 브로슈어용은 아니더라도 다른 종류의 책자를 위해 문구를 작성함으로써 나 또한 호텔을 쓰는 일에 실질적으로, 그리고 손수 관여해 온걸. 나는 공인된 양식에 따라 쓰고 작문했으며, 간혹 색다른 요소를 첨가하기도 했으나 관례를 깨진 못했다. 호텔 브로슈어를 접하는 독자들이 브로슈어라는 고정된 양식樣式으로만 호텔에 대한 정보를 접하고 싶어 하리라는 짐작된 선호를 호텔이라는 곳들이 양식糧食 삼는다는 사실을 나는 안다. 이 퍼포먼스의 퍼포먼스에 있어 나는 증인일 뿐 아니라 그에 동참하고 있는 것이다.

전화 교환대

구내 전화 교환대는 호텔과 비호텔 간의 고리다. 그러나 동시에 장벽이기도 하다.

요즘도 호텔에 전화 교환대가 있으려나? 있을 테지. 여전히 객실 간에 전화를 걸 수 있고, 외부로 (비싼 돈 주고!) 전화를 걸 때는 9번을 누르게 돼 있으니까. 이제는 누구나 핸드폰이 있어 더 손쉽게 연결되는 수가 있는데도 말이다.

꿈에서 사전을 본 날 도라는 자기가 어느 기차역을 출발했다가 다시 그곳에 도착하는 꿈을 꾸기도 했다. 기차 여행의 양 끝, 그러니까 발착을 도라는 기억한다. 그러나 중간의 연결 지점들은 기억하지 못한다.

프로이트

모호한 단어란 철로 교차점의 선로 변환기와 비슷하다.

나는 이 호텔에 앉아 당신에게 말할 수 있고 그러면 당신은 내 말을 들을 테지만(단 교환대가 아니라 경우에 따라 추가 비용이 발생하기도 하고 안 하기도 하는 와이파이를 통해) 난 중요한 이야기는 하나도 할 수가 없다. 호텔 밖에서도 나는 말을 하지만 당신은 내 말을 듣지 않는다. 아니면 내가 모호한 말만 하는 건지도 모르겠다.

내가 호텔에 머무는 동안 당신은 날 기쁘게 하는 말들을 한다. 어떨 때는 돌아와 달라고 빌기도 한다. 내가 떠나고 없을 때나 당신은 그리 당부하지.

층계(승강기)

1 올라가기

로비 계단은 웅장하고 중앙에 위치해 있다.

그러나 경우에 따라서는(일부 작은 호텔에는) 로비가 계단 아래 숨어 있기도 하다.

다들 계단으로 시선을 주지만 막상 올라갈 때는 오르는 행위가 민망하다는 듯이 대개 가리개 뒤에 숨은 승강기를 이용한다.

프로이트는 층계를 오르는 꿈을 성관계 중에 용쓰는 느낌과 연관 지어 생각했다. 도라를 치료할 무렵에 프로이트의 진료소는 집에서 한 계단 올라 있었으니, 바로 아래 아파트가 그의 살림집이었다.

그 건물에도 승강기가 있었는지는 모르겠다.

도라

(꿈을 설명하며)

내가 계단을 오르는 모습이 유난히 또렷하게 보여요.

(나는 여러 호텔의 갖은 계단을 올라 보았다. 프런트 앞을 몰래 지나쳐 로비의 화초며 층계 난간동자와 비상등과 소화기 옆을 살금살금 기어가다가 웃음을 터뜨리기도 했고 조용히 하라는 말을 듣기도 했으며 싱글 침대에 나 혼자서 혹은 다른 이와 같이 몸을 누이기도 했다……. 물리적으로는 아니라도 내 마음속으로나마 말이다. 예컨대 길에서 내게 작별 키스를 하고는 호텔 방으로 나를 초대했던 남자…… 그 외에도 어느 호텔에 묵고 있는지만 알았더라면 기꺼이 뒤따라갔을 이들도 있었다.)

(과연) 프로이트(는 도라에게 이리 말했을까)

날 보러 언제 한번 올라올래요?

(프로이트의 부인은 이 내내 어디에 있었던 걸까? 바로 아래층에 있었을는지도.)

도라가 프로이트의 진료실로 향하는 계단을 오른다.

나는 내 호텔 방을 향해 계단을 오른다.

2 내려가기

또 한번은 도라가 집에 불이 나는 꿈을 꾼 적이 있다.

도라

우리는 서둘러 아래로 내려가요.

집밖으로 나가는 순간 나는 잠에서 깨어나요.

승강기를 타고 내려갈 때 내 뱃속에서는 오르가슴에 이를 때와 꼭 같은 느낌이 든다.

프로이트는 성관계와 아래로 내려가는 것의 상관관계에 대해서는 언급하지 않는다.

불이 났을 때는 승강기를 사용하지 말라고 호텔에서 써 붙인 안내문이 주의를 준다.

복도

이는 모든 것에 접해 있는 불편리한 공간으로 그를 따라 하나같이 동일한 모양의 문짝들이 늘어서 있으며 평소에는 후경으로 물리는 바닥이 전면으로 부각되는 곳이자 때로는 벽에도 카펫이 붙어 있는 공간이요 심지어는 천장까지 카펫이 타고 오르기도 하는 곳이며 창이라곤 전혀 없어서 장소와 장소를 잇는 것이 그 기능임에도 다른 곳으로 어렵사리 비집고 들어갈 방도조차 없으며 또한 승강기 문이 스르륵 닫히는 곳이자 화재 대피용 방화문마저 봉쇄돼 있고 각 층의 각 복도가 죄 똑같이 생긴 까닭에 층층이 약도와 층수를 승강기 옆에 부착해 혼동의 가능성을 방지해야 하는 곳이거니와 때로는 또한 이 약도상의 표지물이 되기도 하는 부대 시설을 갖추고 있기도 하니 얼음 제조기와 소화전과 페인트칠이 벗겨진 구석 그리고 (과거에 볼 수 있었던) 대를 붙여 키를 키운 재떨이가 그것이다.

객실 문(열쇠)

도라가 호숫가 휴양지에 머무르는 동안 도라 아버지는 호텔에서 묵으나 도라는 K 씨 집에서 지낸다. 도라에게는 이곳 열쇠가 없다. 도라네 집 식당 방은 문이 늘 잠겨 있다. 도라 오빠는 집에 있는 동안에는 식당 방을 건너가 있는 자기 방에 갇혀 지내는 셈이다. 도라네 집에서 또 잠겨 있는 곳이 있으니 이는 식료품 저장실로 도라는 어머니가 허락해야 열쇠를 받는다. 반면 K 씨네 집에는 잠긴 것이 전혀 없다. K 씨네 집 현관 열쇠를 갖지 못한 도라는 이제 잠긴 문을 열지 못하는 대신 열린 문을 잠그지 못한다. 열쇠는 모두 K 씨 수중에 있다.

호텔에 있는 동안 내겐 방 열쇠가 있으나 이는 하우스 키핑도 마찬가지다. 내가 방에 있지 않더라도 혹은 내가 방에 있다 해도 누군가는 언제고 내 방에 들어올 수 있다. 그런데도 나는 밤마다 방문을 잠근다. 집에서 나는 당신과 함께 있지 않을 때는 문을 잠그고 문고리를 가로지르는데, 당신과 함께 있을 때면 문고리는 지르지 않는다.

도라

밤에 밖으로 나와야만 하는 일이 발생할 수 있어요.

집에는 내부 잠금 장치가 없다. 있을 필요가 뭐 있겠는가?

프로이트

내 수중의 열쇠와 자물쇠 따개 들을 이용해

손쉽게 이 사례를 열어젖힐 수 있었다.[4]

나는 욕망과 맞닿은 삶을 살아 왔는데, 종종 이는 타인의 욕망이었다. 욕망을 끼워 넣기란 쉽다. 내 옆구리에 다른 이의 욕망이 들어맞는 구멍이 나 있다. 알맞은 열쇠만 찾으면 된다. 단어로 된 암호를 풀 열쇠만 찾으면 될 문제다. 나라고 그 열쇠가 언제나 남자이기를 바라는 것은 아닐 테다.

프로이트
열쇠를 업신여기는 한은 결코 잠긴 문을 열지 못한다.

호텔에서는 카드가 열쇠다. 겉보기에도 일반 신용카드처럼 생겼고 작동하는 방식도 같다. 문 옆에 붙은 홈에 밀어 넣고 초록 불이 켜지기를 기다린다. 호텔이 암호를 읽어 내면 들어갈 수 있다.

객실

얼마나 빨리 짐을 끄르고 이 공간을 집으로 인정할 것인가?

여기서 내가 할 수 있는 일 중 다수는 집에서도 할 수 있는 일이다. 하지만 어쨌거나 나는 호텔 객실에 마련된 집기는 쓰지 않는다. 내 집에 장만된 기기들과 생김새만 닮았지 같지는 않은 기구로는 아래로 내려 쓰는 다리미판과 바지용 다리미, 엄지를 구부려 압력을 가해야 작동하며 기다란 통풍 덕트에 연결돼 있는 헤어드라이어, 그리고 미니바가 있다. 이 물건들이 나를 호텔 책임자들과 적대 관계에 놓는다. 냉장고에 내가 가져온 샴페인을 넣을 수도 있겠지만 크기가 안 맞아 제대로 들어가질 않는다. 호텔은 엄밀히 따지자면 내 편이 아니라는 사실을 객실 내 모든 사물이 상기시킨다.

호텔은 심지어 내가 제 옷걸이마저 훔치려 들 것이라고 의심한다(의심해 마땅하다). 옷걸이라고 해 봤자 금속 막대에 고리를 꿰고 그 밑으로 나무 어깨를 걸쳐 놓은 형태다. 기묘하기 짝이 없다. 툭하면 정신머리를 잃고 어깨심 하나 없어 툭하면 무너져 내리는 사람들도 아니고. 도대체 이런 게 무슨 쓸모가 있겠느냔 말이다, 이곳 밖으로 갖고 나간들. 하나같이 나사가 풀려 있건만.

나는 순순히 옷걸이에 내 옷들을 꿰어 건다.

옷장에 드레스 한 벌이 달랑 걸린다. 안에 든 사람도 없이 겉으로만 여자 모양을 하고 머리도 다리도 없는 모습이다. 설사 다리가 달렸대도 발이 땅에 닿지조차 않을 테지. 나는 드레스를 옷걸이에서 도로 내린다. 잠에서 깨고 보면 옷가지가 바닥에 떨어져 있거나 흰 침구 한가운데 엉켜 있다. 앞으로는 색깔 있는 속옷을 입을 것, 나중에 찾기 쉽도록. 인테리어야 어떻든, 침구만큼은 언제나 삭제의 색을 띤다.

아예 내부를 온통 하얗게 꾸민 호텔도 있다. 나도 그런 곳에 묵은 적이 한 번 있다. 어느 흰 도시였다. 호텔은 흰 상자였다.

화이트 호텔

웰빙의 느낌을 살리고자 객실은 화이트로 꾸며져 있으며
산뜻한 흰색 제품이 제공됩니다.

테라스 콘셉트인 경우에는
프라이빗한 루프톱 옥외 테라스와 전용 자쿠지가
마련돼 있습니다.

흰 호텔에 머무는 동안 나는 상층에 해당하는 층의 객실에 묵는다. 객실은 네모꼴이고 내부의 모든 것이 흰색이다. 네모꼴 침대는 병실 침대만큼이나 높아서 네모난 블록 계단을 이용해 올라가야 할 정도다.

네모꼴 프렌치 도어는 자그마한 직각형 발코니로 이어진다. 방에는 또한 이 문들보다는 작고 네모난 이중창이 나 있으나 열 수는 없다. 전자레인지에 데운 석식이 네모난 흰 그릇에 담겨 배달된다.

화이트 호텔

이 콘셉트의 이름은 객실이 하얀 점에 착안해 지었습니다.
객실 내 침대는 테이블형입니다. 욕조는 캐노피 모양이며
플렉시글라스로 만든 '스카이돔'이 달려 있습니다.

아래 안뜰에는 네모꼴의 흰 우산들이 펼쳐져 있다.
이곳에서는 태양마저도 새하얗게 백열하므로.
흰빛이 호텔의 모난 굽이들을 숨긴다.

프로이트

두 가족은 호텔의 같은 층에 함께 숙소를 잡았다.
어느 날 K 씨 부인은 그때까지 아이 하나와 같이 쓰던

객실에서는 잠을 편히 잘 수가 없다고 말했다.
며칠 후에는 도라 아버지가 자신의 객실을 포기했다.
두 사람이 새로 얻은 각각의 방은 그 사이에 단지 복도가
있을 뿐인 맨 끝에 위치한 방이었다.

언젠가 도라가 K 씨 부인 객실에서 잠을 잔 적이 있다.
K 씨 부인은 피부가 희다. K 씨 부인은 이상적이다. 아내로서 이상적이지 않은 것만 제외하면.
K 씨 부인은 제 남편에게는 호감의 대상이 아니다.
K 씨 부인은 도라 아버지에게는 호감의 대상이다.

K 씨
너도 알다시피 난 아내에게서 얻는 게 없어.

도라 아버지
내 처한테서는 아무 재미도 못 얻지.

도라 아버지가 K 씨 부인에게 무엇인가를 준다. 그는 도라와 K 씨 부인과 제 처에게 똑같은 장신구를 선물하는데, 그는 흰색 장신구는 좋아하지 않는다. 그는 제 처의 진주 귀고리가 못마땅하다. 그는 팔찌로 이를 대체한다.

노라
엄마는 아빠에게서……많이 받았지요.

K 씨는 도라를 좋아한다.

K 씨는, 프로이트 왈, 도라의 아버지 격이다.

도라는, 프로이트 왈, 프로이트를 K 씨와 같은 격으로 본다.

도라는, 도라 스스로 말하길, 어머니를 전혀 닮지 않았다.

(프로이트는 이 말만큼은 곧이곧대로 받아들인다.)

도라 아버지는 성 불능이다.

K 씨 부인은 남편에게 자기에게 아무것도 주지 말라고 당부한다.

K 씨 부인의 내부에서는 아무 일도 일어나지 않는다.

도라는 K 씨 부인이 이상적이라고 생각한다.

화이트 호텔

객실은 투숙객을 환영하는 마이크로 이벤트가 펼쳐지는

구조물로 작동함으로써 공간 개념과 연결됩니다.

이로써 안락함은 단순히 물리적이거나

시각적인 안락함을 넘어 실제로 기능합니다.

넉넉하고도 간결한 디자인의 구조물이 작동법을 명시한

안내서 역할을 하며 우리로 하여금 현재를 최대한 즐기도록

초대합니다. 이 공간들은 부피상의 개방성과

구조물의 비특화를 토대로 합니다. 그 결과 한 활동에서

다음 활동으로의 전환과 개별 경험의 공유가 순탄히[sic]

이루어지는 효과를 빚게 됩니다.

Sic. 원문대로.

모두 원문 그대로다.

결혼은 어디에 있는가?
어느 가구 있는 흰 방에.
흰 꽃은 어디 있었던가?
방에 딸려 온 선물들과.
호텔이 우리 안에 머무르는가?
이곳에서 나는 집으로부터 치유될 수 있을까?

꿈-일◊

나는 숙면으로도 떨칠 수 없는 피로감을 느끼며 이 호텔에 도착했다. 발가락에 무리하게 힘을 실은 탓일까? 호텔용 하이힐을 신고 종일 앞으로 쏠려 지낸 탓일까? 잠들어 있는 한 나는 호텔을 실컷 즐기지 못하기 마련이나 그럼에도 여전히 호텔에 비용을 지불하고 (혹은 호텔을 위해 일을 하고) 있다. 아니, 어쩌면 실컷 즐기고 있는 건지도.

프로이트
모든 꿈은 충족된 양 표현되는 하나의 욕망이다.……
무의식적이거나 무의식에까지 미치는 욕망만이
꿈을 만들어 낼 힘을 지닌다.

나는 호텔에서 꾼 꿈은 하나도 기억하지 못한다.

◊ 프로이트가 사용한 Traumarbeit라는 단어로, 영문 본문에는 dreamwork로 표기됐으며 한국어판 『꼬마 한스와 도라』에는 '꿈-작업'으로 번역되어 있다.

앙수이트

이는 온통 모서리와 각이다. 그리고 그 각진 면마다 반사되는 것은 흰빛이다. 타일 위로, 혹은 샤워기 머리 한 귀퉁이에서, 느닷없이. 나인가?

그래 너야, 그런데 나는 뭐지?

거울 속에서 난 내 모습을 보지 못한다. 거울에 비친 나는 내가 아니다. 집이 아니어서, 낯선 곳이어서 그럴까? 객차에 딸린 앙수이트 욕실에서 프로이트는 언젠가 제 모습을 못 알아본 적이 있다.

프로이트

보통보다도 과격한 열차의 움직임과 함께
옆에 딸린 화장실 문이 벌컥 열리더니,
연로한 신사 양반이 가운과 여행 모자 차림으로
내 객차 안으로 들어왔다.[5]

그 양반은 물론 프로이트 본인이었다. 그런데 프로이트는 그런 사람을 멤버로 받아 주는 열차에는 올라탈 마음이 없었단 말이지.

(어라, 잠깐. 이건 프로이트 식 실언에 해당하려나?)

프로이트

다만 그 개개의 비난을 화자에게로 하나씩 되돌려 보면 된다.

에드워드 제임스는 달리의 메이 웨스트 소파 제작을 후원했으며 양복 차림을 한 남자의 뒷모습을 담은 르네 마그리트의 「금지된 재현」La reproduction interdite이라는 그림 또한 의뢰한 바 있다. 남자는 거울을 들여다보고 있는데 그 거울에는 남자의 얼굴이 반사되는 대신 그의 뒤통수가 재차 되풀이된다. 대상 인물에게서 그의 정체를 가늠할 어떤 특징적 요소도 찾아볼 수 없으나 그럼에도 이 그림을 일컬어 대개 제임스의 초상화라고 부른다.

K 씨, K 씨 부인, 도라, 도라 어머니, 도라 아버지, 그리고 프로이트가 각각 거울을 들여다본다. 그들은 거울 속에서 서로를 본다. 이들 중 누구도 자기를 제외한 나머지 다섯 사람의 눈에 비친 제 모습을 알아보지 못한다.

부인 혹은 어머니, 딸 혹은 연인, 아버지 혹은 십대 아이. 각각의 역할은 여러 개의 다른 역할로 대체될 수 있다. 「단편」이 끝나지 않는 이유도 이 때문이다.

(앙수이트. '객실 내 화장실'은 어감이 도무지 우아하지 않으므로 이리 지칭한다.

수이트는 '다음'을 뜻한다.

그러니, 다음.)

레스토랑

1 바

이는 로비와 마찬가지로 외부와의 연결 고리다. 거리로 난 문을 열고 들어설 수도, 호텔을 통과해 들어설 수도 있다.

바라는 장소는 보는 곳이자 보이기 위한 곳인데, 이게 말만큼 쉽지가 않다. 무언가를 행하는 동시에 행하는 자기 모습을 본다는 건 불가능에 가까운 일이다.

'다섯 시부터 일곱 시까지' (또는 여섯 시부터 여덟 시까지건 다른 어느 경우건 간에) 나는 기다리고, 기다리는 와중에 나는 집에 있다. 나는 기다린다, 내게는 기다리는 버릇이 있으므로. 통근해야 하는 사람들은 운도 좋지. 'X부터'와 'X까지'가 시간을 잡아먹어 주니까. 연결 지점과 환승역 들을 설사 기억하지 못한다 할지라도 그이들의 기다림이란 적어도 이동이다. 집에서라면 나는 이 시간에 식사 준비를 하려고 기다리고, 식사 준비를 하면서 기다리고, 내가 준비한 음식을 사람들이 먹기를 기다리고, 그들이 언제 도착해 식사를 할지 모르기에 그들이 도착할 때를 대비해 다른 어떤 일도 못한 채 기다리고 있을 터. 술을 마시기에는 너무 이르고(그래도 마실 테지만) 다른 일을 시작하기에는 너무 늦은 시각이다. 그러니 이 호텔 레스토랑에서 난 다시금, 씨를 쏙쏙 뺀 올리브 열매의 똥꼬들을 세며 다른 이 손에 나를 내맡기리.

이건 집에서의 기다림과는 과가 다른 기다림인지라 웨이터가 마침내, 사실상 그리 길지도 않았던 공백기 뒤에, 내 앞에 당도한다.

나는 웨이터의 웨이팅을 받고자 기다린다. 이중의 희열.

누군가에게 보살핌받는 느낌을 원해서라기보다는 보살핌받는 사람으로 보이리란 사실 때문이다.

보다……? 느끼다……?

기다리는 존재를 우회해야 나는 사랑에 빠질 수 있다. 하지만 웨이터는 그새 내 욕망을 파악하곤 사방을 장악하고 든다.

2 레스토랑

집을 떠나온 후 나는 호텔 유령으로 지냈다. 초콜릿과 커피, 샴페인 몇 모금과 촛동강으로 연명하며. 점심이란 것도 저녁이란 것도 더는 존재하지 않고, 다만 세분화된 티타임과 칵테일아워가 꼬리에 꼬리를 물 뿐이다. 이름하여, 소식하기(풍요로운 가운데 배고프기란 쉽지 않다).

나이 든 사람들은 레스토랑에, 젊은 사람들은 바에 앉아 있었다. 젊은 사람들이라 봤자 많이 젊은 축도 아니었지만. 남자들은 여전히 후드 셔츠 차림이었고 여자들은 좀 더 갖춰 입은 채 빵에는 손도 대지 않고 앉아 있었다. 모 영화배우가 빵이라면 결코 먹지 않는다는 얘기를 어디선가 들어서인데 물론 그렇다고 이 여자들이 스스로를 영화배우라든가 잠재적 영화배우라도 된다고 착각하는 것은 아니고 다만 자신들이 그에 준하는 혹은 그에 부합하는 일종의 평행선상에 있다고, 그러니까 예컨대 어느 영화의 줄거리에 상응하는 경로를 걷고 있다고 믿고 있을 가능성은 있었다. 난 그이들을 보며 괜히 긴장했다. 덩달아 애피타이저를 주문하지 않았다가 바로 후회했다. 사람이란 한곳에 여럿이 모이면 한결 추해지기 마련이다.

호텔 레스토랑이란 곳들은 어찌 된 게 태반이 기대에 못 미치는 걸까? 너무 짜, 너무 비려, 너무 달아, 너무 바삭거려.

하기야, 주린 배는 주는 대로 받아먹기 마련이지.

여자들이 함께 식사하는 법. 한눈에 훤히 들어온다. 공적 장소에서 벌어지는 사적 행위, 서로 이것저것 강권하는 나눠 먹기. 정말 아무도 안 먹을 거면 내가 하나 먹을게. 너도 같이 먹겠다면 내가 주문할게. 여자들은 껍질 질긴 사워도우 빵을 주문한다. 아무것도 얹지 않은 맨 토스트를 시키고 달걀은 나눠 먹겠다고 한다. 잔반 처리로 잔뼈가 굵은 여자들이다. 이래서 여자들과 밥을 먹으면 영 재미가 없다. 티본 스테이크를 주문해 가며 맘씨 좋게 감자튀김도 나눠 먹는 남자들이랑 먹어야 쏠쏠하지. "그래도 토스트 맛이 좋은데"라고 여자들은 말한다. "차가 참 맛있다"라고 한다.

여자들은 대부분 드레스를 입고 있고 이러한 차림이 이들이 맛있는 요리를 즐기고자, 혹은 서로 맛있게 식사하는 모습을 즐기는 것을 즐기고자—이러한 즐거움은 눈으로 집어먹는 것이 가능하기에—이곳에 왔다는 사실을 보여 준다.

아니면 일 때문에 드레스를 입은 것일 수도 있다.

저쪽 테이블에 앉은 여자는 미모가 돋보인다. 더욱이 미모뿐 아니라 내면의 삶 또한 겸비했다는 점이 그를 한층 두드러지게 만든다. 아무리 제 앞에 앉은 남자에게 그 사실을 숨기고자 신중에 신중을 기하고 있다 해도 말이다. 저이는 자기 내면을 드러내는 일이 드문 여자다. 하지만 지금 이곳에서, 당신에겐 보여 줄 것이다. 여기엔 물론 다른 여자들도 있다만 하나같이 저희 내면의 삶을 조심스레 숨기고 있는 데다가—아무에게나 보여 줄 수야 없는 노릇이니—어차피 그를 알아채는 사람도 없다. 그런데 여기 알아챈 이가 한 사람 있단 말이지. 그나저나 저 여자는 내면의 삶을 지니고도 어쩜 저리도 예쁘담. 시간이 지나 나이가 더 들거든 저이도 외부의 삶 없이 내면의 삶만 지니게 될 테지, 그때가 되면 누구 하나 눈치채지도 거들떠보지도 않겠지만. 하지만 당장만큼은 저 여자의 내면의 삶은 곧 당신 차지다. 물론 겉모습이 아니었다면 애초 신경이나 썼겠어? 예쁘장한 겉껍데기 없이는 집 잃은 달팽이에 불과한걸. 말랑하고 흉한 데다 먹기에 썩 좋은 것도 아니지. 그러니 얼마나 훌륭해! 당신만의 발견인 셈이잖아. 저렇게 생긴 여자들은 내면이랄 게 아예 없기 마련이라고 당신 평생 가르침받아 왔건만. 그런데 여기 떡하니 나타났잖아, 보기에도 좋고 생생히 살아 있기까지 한 여자가. 물론 어느 쪽이건 사람들에게 쉽사리 내비치지는 않을 테지만, 적어도 그걸 포착해 낼 깜냥이 있는 사람에게는 말이야. 오직 당신에게만 보여 줄 테지.

여자가 떠난다. 남자도 떠난다. 세 명의 여자가 남는데 각기 혼자 앉아 있다. 우리는 하나로 모이지 않는다, 레스토랑에 앉은 여자들에게 응집이란 없기에. 미끄러지듯 서로를 비껴 나는 우리에게 연대란 없다. 혼자인 여자는 언제나 다른 여자들과 비교돼야 한다. 혼자인 여자는 위험하다. 맥락이 없는 한 혼자인 여자에게는 나이가 없다(아니면 다만 덜 나이 든 것에 불과하거나). 저를 완성해 줄 다른 여자들도, 그렇다고 아이들도 주변에 없는 여자는, 남자에 의해 완성되기를 기다리고 앉은 초대장이다.

(혹은 완성되지 않은 그 자체로 위대하거나.)

이곳에 혼자 식사하는 남자는 없다. 다른 남자들과 어울려 식사하는 남자는 있다. 둘씩 셋씩 넷씩 앉아 식사하는 남자들은 그들이 한가로이 즐기려고만 이곳에 오지 않았다는 걸 우리가 알아볼 수 있도록 양복 정장을 입고 있다. 양복 차림을 하지 않은 남자들은 여자들과 식사 중이며 여자들이 그들을 대신해 식사를 즐긴다. 호텔이란 양복 차림을 하지 않은 남자가 혼자서 즐거움을 누리고자 오는 곳이 못 된다.

난 남자가 먹성 좋게 식사하는 걸 보기 좋아한다. 어찌나 먹성이 좋은지 아예 날 대신해 내 몫까지 먹어치워 줄 수 있을 정도라면 더

더욱 좋다. 남자들의 허기짐이란 얼마나 대단하고, 내 몸에서는 여분의 살로 변할 따름인 음식물도 그 각진 몸 안으로는 얼마나 신속히 흡수되는지. 남자들은 속수무책의 상태를 그리도 즐긴다. 내 남편은 커피 머신도 쓸 줄 모르고 내 아버지는 식사 한 끼 만들 줄 모를뿐더러 좋아하는 요리에 뭐가 들어가는지조차 모른다. 자신들의 몸을 시중드는 가장 기본적인 방도조차 모르고 사는 것에 만족하는 게 남자들이다.

여기 있는 남자들은 다른지도 모르겠다.

호텔 레스토랑에 혼자 앉아서 할 수 있는 일이란 게 사람 구경 이외에 달리 있겠어? 나는, 어느 때고, 여자인 적이 없다. 그러다가 여자에 대해 이러쿵저러쿵 말이 오가는 것을 듣고서 시선을 돌려 보면, 여자들이 있다. 여자들이 눈에 보인다. 남자들 눈에 보이듯이 보인다. 남자들이 여자들을 고용하고 사랑하고 바에서 와인을 잔 단위로 사 주는 것이 보인다. 그러다가 다시 고개를 바로 하면, 빛의 장난이었던 듯하다. 내가 앉은 자리에서는 여자라곤 통 보이지 않고 그저 이 사람이 그리고 저 사람이 보일 따름이니 말이다.

내가 발 들이지 않는 장소들

이로는 수영장, 당구장, 헬스장과 피트니스 클럽이 있다. 부자들은 뭐든 스스럼없이 활용한다고 누군가 내게 말한 적이 있다. 들어갈 엄두를 못 내는 곳이 없다고. 그런데 호텔이란 어쩌면 진짜 부자들을 위한 곳은 아닐지도……. 호텔이란 결국 불不편의 시설인 걸까?

6
『독일 하숙에서』

> 그리도 보챈 끝에 당신 원대로 횃불을 지폈다고
> 이제 마냥 좋고 아늑하기만 할 줄 알아요?
> 온 집안이 불타 버리는 걸 막을 수 있을 것 같아요?
>
> 캐서린 맨스필드, 『독일 하숙에서』

출 연 진 **도라** 십대 소녀
프로이트 정신분석가
라트 씨 투숙객
메이 웨스트 섹스 심벌
캐서린 맨스필드 작가
KM 그의 화신

1

더는 상황을 혹은 저 자신을 견딜 수 없을 때면 프로이트의 환자들은 호텔로 향했다. 그리고 호텔이 더는 저희의 욕구를 충족시켜 주지 않을 때면 온천 휴양지로 옮겨 갔고, 거기서 다시 요양원으로 떠났다.

당신이 어딘가 성치 않다는 걸 호텔은 이미 알고 있다. 휴양지 호텔은 예사로운 불행을 시중드는 우울한 장소로, 자기가 치료코자 하는 욕망을 동시에 허용하는 곳이다. 요양원은 진료소인데, 또한 호의호식하는 곳이기도 하다. 휴양지 호텔이 어느 시점에 요양원이 되는지 나로서는 집어 말하기 어렵다.

호텔에 지내면서 앓아누운 경험이 몇 번 있다. 마치 애당초 회복을 위해 호텔에 간 것이 아니라 게우기 위해, 뭔가를 배출하고자 간 것인 양, 다른 사람들에게 걸리적거리지 않는 곳이자 그들의 간섭에서 벗어난 곳에서 병을 앓기 위해 호텔에 간 것인 양 말이다. 그렇게 나는 몸과 마음의 건강을 대체로 유지해 왔다. 그래서 득 본 게 있느냐고? 모르겠다. 다만 그렇게라도 하지 않으면 주변 사람들에게 그들 본인도 미처 납득하지 못할 모호한 방식으로 폐를 끼치고 말리란 것을 알았을 따름이다.

—의사 선생님, 저 어딘가가 이상해요.

(아니다, 어딘가 이상이 있는 느낌이라고 말해야 맞는데.)

—어디가 이상한데요?

(환자는 언제나 희극의 보조역이다.)

—여기저기 다요. 어떡해야 할까요?

—글쎄, 그렇다면 앞으로는 그 장소들을 피하라고 말씀드리는 수밖에요.

어떤 통증들은 내게 유난히 잘 받는다. 그러한 통증은 유지하지 않기가 외려 어렵다. 아픈 동안은 옷을 입는 행위가 인위적으로 다가온다. 내 몸을 씻는 행위조차 나 아닌 다른 사람에게 속한 것을 씻는 기분이다. 내 병의 자리는 어디인가? 내 병은 어디서 발병해야 할까? 내가 내 몸과 유리되는 건 상상할 수 없을뿐더러 달리 어디로 가야 좋을지도 모를 터. 모든 것에서 벗어난답시고(그게 언제 가능이나 하다고) 호텔을 피난처 삼을 수는 있겠으나 질병 중에는 병원에서 기습하는 병, 어쩌면 병원발 질병인지도 모를 병도 있기 마련인걸.

호텔에 있다는 것은 어딘가 불평하다는 것, 혹은 머잖아 불평해지고 이를 불평불만의 형태로 토로하게 되리라는 긴장감을 느끼는 것, 혹은 불평할 가능성을 이것이 불가능한 집에서와 달리 확보한다는 것을 의미한다. 화난 여자의 성에 찰 호텔을 물색하기란 여간 난감한 일이 아니나, 집에 남는다고 누구에겐들 불평을 호소할 수나 있나? 집에서는 불평과 불평함을 속에 간직해 두기 마련이고, 그런들 정작 믿지는 것도 저 자신이다. 침대에 몸져누웠다가도 다음 날 제 손으로 침대를 정돈해야 한다. 매일같이.

나는 무엇을 치료받기 원하는가?

뭐든 찾아내야 한다.

한 시간에 한 번씩 내 체온을 확인해 주기를, 베개를 펴 주기를, 이불 귀퉁이들을 병원처럼 접어 주기를 나는 원한다. 시원한 물 한 잔과 빨대를, 전문의와 연결해 줄 소견서를 원한다. 일인칭 복수형으로 지칭되기를 원한다. 스스로를 삼인칭 단수형으로 지칭하는 버릇을 들이길 원한다. 내 신체 부위마다 인격이 부여되기를 원한다, 내가 어느덧 소란스런 놀이터를 굽어보는 선생님으로 분한 양. 그리고 그 각 부위가 내 말을 순순히 따르기를 원한다. 순전히 내 건강을 위한다는 이유로 권위의 손 아래 부드럽게 질식하기를 원하며, 정해진 시각마다 음식이라고 건네는 이상한 것들을 먹는 것 이외에도 누군가가 내 몸무게를 재고 체중 미달이라고 일러 주기를 원한다. 나에 대해 어떻게든 조치를 취해야 하는 때가 닥치기를 원한다, 스스로 손을 쓰기에는 이미 늦었으므로. 이런저런 일을 하라고 지시받기를 원하고, 그에 이어 아무것도 하지 말라는 지시를 받기를 원한다. 낯선 기계에 집어넣어지기를 원한다. 기계들이 나를 위해 돌아가기를 원한다. 수치료를, 정신치료를, 물리치료를 원한다. 그리고 그 모든 과정이 통증을 수반하기를, 앞서 내게 귀띔해 주었던 것보다 요만큼만 더 아프길 바란다. 간호받기를(오 그럼요!) 바라며 부드럽고도 강력한 손 아래 내 몸이 수치를 알길 바란다. 가망 없는 환자이고 싶다. 저들이 희망을 가져도 좋다고 내게 말해 주길 원하며 내가 위험한 고비를 넘기기를, 죽음의 문턱에서 돌아오기를 원한다. 생명 유지 장치를 원한다. 내 몸과 내 마음이 '히포크리틱' 선서[◊]에 준해 보존되기를 바란다. 욕실 타일에 번진 자국이 되기를 원한다. 기왕 아프기 위해 여기에 온 것이라면, 아프겠다. 난 뭔가 결여된 상태이고자, 나 자신을 미완성하고자 이곳에 있다. 차도를 보이며 회복하되 영영 이곳을 떠나지 않길 나는 원한다, 호텔 밖은 온통 병들어 있으니까.

사실인즉 내겐 호텔에서 몸져눕는 버릇이 있다. 하지만 호텔에 질려서 아픈 것은 아니다.

이걸 나는 한때 건강 염려증이라고 불렀다.

다른 이름으로는 부르고 싶지 않았다.

이름으로 차단을 했던 걸 수도 있겠다, 어쩌면. 단어에는 그런 기능도 있다. 어떤 단어들은 들목이 하나뿐인 길만 같아서, 지면을 넘어 무엇이고 발휘되는 것을 차단한다. 그런 면에서는 실성증만큼이나 효과적이다.

◊ 히포크라테스 선서에 빗대어 한 말로, 히포크리틱hypocritic은 '위선적인'이란 뜻이다.

2

제대로 된 질병에는 거리와 체계가 수반하기 마련이다. 열차와 경찰, 출입국 심사, 검역, 여권, 객실 번호, 신용카드 번호, 그리고 그 소재처 삼을 장소가.

(자기가 살고 있는 동네로 휴가 가는 사람은 없다.)

도라의 부친은 치료를 위해 식구들과 분리되었다. 그가 받을 치료는 신체적 치료였으며 그 소재처는 휴양지였다. 도라가 요한 치료는 정신적 치료였으며 이는 정신과 의사의 진료실에 소재한 것으로 추정됐다.

도라와 도라 아버지는 아플 때면 집이 아닌 곳으로 가고 그곳에서 회복한다. 그러고 집으로 돌아와서는 서서히 다시 앓기 시작한다. 병이라고 반드시 길에서만 걸리는 것은 아니다. 때로는 가족력이 있기 마련이다. "그는 결혼 전에 이미 병에 걸렸어요"라고 도라 고모는 말했다. 매독을 이른 걸 수도 있는데, 이는 도라가 제 아버지가 어머니에게 병을 옮기는 것은 물론 저에게도 물려줬을까 봐 한때 걱정했던 가족을 아우르는 병이다. 이는 집에서 비롯된 병이 아니었다. 도라 아버지가 어린 시절을 보낸 유년기의 집에서도, 도라와 도라 어머니와 함께 꾸린 집에서도 온 병이 아니었다. 호텔에서 걸렸을 가능성은 있다. 어찌 되었건 그 병은 도라네 집안에 거하게 되었고, 그럼으로써 도라와 도라 아버지가—그리고 때로는 도라 어머니마저도—치료책을 찾고자 집을 떠나는 것을 불가피하게 만들었다.

(때론 도라 어머니마저도 집이라는 지병으로부터 치료받을 필요가

있기 마련인 것이다.)

그렇게 도라는 휴양지로 떠나게 되는데, 단 어머니가 아니라 아버지와 함께 갔다. 도라 어머니는 이미 없는 존재다.「단편」의 내내 도라 어머니는 부재중이다(이는 즉, 적어도 그이의 경우에는, 집에 있음을 의미한다). 도라 어머니는 신데렐라의 어머니, 백설공주의 어머니, 밤비의 어머니, 인어공주의 어머니와 같다. 이 이야기들에서 이 어머니들은 불필요한 존재이거나, 혹은 그들의 부재 자체가 필수적인 듯이 보인다. '도라'의 경우는 이야기가 아니라 사례 연구다 보니 줄거리를 돕겠다고 도라 어머니를 저 이야기들 속 어머니처럼 살해할 수야 없는 노릇이다. 그럼에도 프로이트의 분석 기록에서 그의 존재를 찾아보기란 거의 불가능하다.

프로이트

어머니의 사랑 이야기는

보통 딸에게 모범이 됩니다.

그렇지만 프로이트는 도라 어머니의 사랑 이야기를 우리에게 일러 주지는 않는다.

프로이트

나는 환자의 어머니를 만난 적이 없다.

도라와 마찬가지로, 또 도라 아버지 그리고 어머니와도 마찬가지로 나 역시 병인이 자리한 집 이외의 공간에서 치료책을 찾고자 했다.

나는 내 어머니의 연애담을 알지 못한다. 알고 싶지 않은 건지도 모르겠다.

3

1909년에 뉴질랜드 작가 캐서린 맨스필드가 온천 휴양지와 인접한 독일의 한 호텔에 도착했다. 호텔의 여타 투숙자들과 마찬가지로 그도 치료를 목적으로 온 것이었다. 그리고 이 방문을 토대로 맨스필드의 첫 소설집인 『독일 하숙에서』*In a German Pension*가 완성되었다.

소설집에 등장하는 독일 하숙은 '가족 호텔'인데, 그렇다고 전 가족이 그곳에 투숙하는 것은 아니다. 투숙 중인 가족마다 한 사람씩 결원이 있다(결원된 멤버는 주로 남성 멤버로, 이들은 웬일인지 치료를 요하는 일이 드물다). 호텔의 '가족'은 호텔에 묵는 가족 말고도 호텔을 운영하는 가족을 지칭하는 이름일 수 있다. 가족적인 분위기를 제공해 줄 이 가족은 당신의 가족과는 판다르며, 당신을 임시로나마 입양해 평소 당신의 가족에 수반하는 여러 불편리함 없이 제 품에 보듬어 준다. 그 중 아들은 바에서, 딸은 식당에서 시중을 든다. 가족 전원이 당신을 시중들고자 기다린다.

집을 벗어난 가족을 묘사해 보이는 것은 가족을 그 가장 강력한 모습으로 그려 보이는 것이다. 통상의 배경 밖으로 옮겨지고도 쪼개지거나 무너지지 않고 건재하는 가족이란 무적에 가까운 무언가를 보여 준다. 그리고 무적이 되려거든 경화

돼야 한다. 이따금씩 호텔 레스토랑에서 그 광경을 목격할 수 있다. 옆방을 나란히 얻은 부모와 자녀가 식탁 너머로, 함께한 세월 동안 서로를 상대로 사랑을 연습해 온 얼굴들을 마주하고 앉아 있다. 소규모 가족 호텔은 내 예산을 항상 웃돌았다. 호텔에 들어서야 가족이라는 경제 원리가 제 속살을 드러낸다. 부자만이 가족 단위로 호텔에 머물며 이들만이 제 비용을 감당 못하는 식구까지 안을 수 있다. 함께 머물 수 있을 정도로 부자인 이들, 그러나 막상 이들에게는 달리 갈 곳이 없다.

나는 가족 호텔은 평가하지 않았다.

가족에 대해 생각하지 않는 것은 호사다.

독일 하숙에서는 다들 집에 대해 얘기하느라 바쁘다.

"독일이야말로 가족의 고향이지요." 여행자가 선언했다.

"댁네 바깥양반은 무슨 고기를 좋아하시나요?" 과부가 물었다. 캐서린 맨스필드의 화자(화신일까? 화자에게는 이름이 없다. 편의상 KM이라고 부르자)는 이 질문에 답하지 못한다. 과부가 말한다. "안사람은 일주일 살림을 살고도 바깥양반 취향을 모르고 넘어가질 못하는 법인데."

결혼은 내용이 아니라 구조다. 약속에 담긴 다짐이 아니라 그 유대다. 유대의 내용은 특정되지 않는다. 고작해야 가족 간의 닮은 정도로부터 비롯한다.

가족을 닮은 것도 과연 있을까?

라트 씨는 가족 없이 가족 호텔에 지내기 좋아했다.

라트 씨

난 결혼하지 않고도 여자들에게서 원하는 건 다 얻은걸요.

캐서린 맨스필드는 결혼했다.

K 씨는 결혼했다.

K 씨 부인은 결혼했다.

도라 아버지는 결혼했다.

이들 중 어느 누구도 자기 욕망의 대상과 결혼하지는 않은 것으로 보인다.

욕망은 결혼 밖에서 발생하는 것이었다.

그런 한편:

프로이트는 결혼했다.

도라는 결혼하지 않았다.

KM은 결혼하지 않았다.

메이 웨스트는 결혼했으나 그 사실을 아무에게도 알리고 싶어 하지 않았다. 그는 결혼을 비밀에 부쳤다. 본인의 욕망을 공개적으로 논해 쓰겠어? 그는 배우자와 함께 가정을 꾸렸으나 그것도 "몇 주뿐"이었다고 말했다.[1]

메이 웨스트

결혼은 훌륭한 제도예요. 다만 내가

제도에 수용될 준비가 안 됐다 뿐이지.[2◇]

「단편」에 등장하는 이들 중 어느 누구도 욕망이 과연 욕망할 만한 것인지 묻지 않는다. 이 사실이 내겐 그리 놀랍지 않다.

◇ 제도는 institution으로, 이는 맥락에 따라 (병원, 요양원 등의) 시설을 의미하기도 한다.

호텔이란 제도고, 그 안에 있는 한 내가 훈련을 통해 욕망하는 법을 배우지 못할 대상이란 없을 터이니.

4

독일 하숙에서 KM과 대적하는 상대는 상당수 결혼했다. 대부분 "성공한 사업가 남자들"이거나 짐 가방만치나 묵직한 그 부인들인데, 이들을 가방 열듯 열어 보거든 부속 고기, 브레드 수프, 사우어크라우트, 사내아이 장화, 크림 얹은 체리 케이크, 고래뼈 코르셋, 치질, 그리고 먼지내 나도록 방치한 아쉬움 한 줌이 속에 들었을 터. 속은 남자고 여자고 똑같다. 하지만 그 중 한 사람이 말하듯 "결혼은 확실히 남자보단 여자를 더 많이 바꿔 놓지". 이 말을 한 남자는 제 부인의 비혼 시절 사진을 지니고 다닌다. 사진을 보며 그는 말한다. "통 내 아내 같지가 않아. 내 아들 엄마처럼 생겨 보이질 않는단 말이지."

KM

아이를 배고 낳는 일이야말로 가장 불명예로운 직업에 속해요.

"지금껏 아홉 명을 낳았는데 감사하게도 다들 잘 살아 있어요." 독일 하숙의 뚱뚱한 투숙객이 말한다.

독일 하숙의 세계에서 결혼은 산욕이 깔리는 순간 끝난다. 그렇기에 해산이란 육체적으로도 정신적으로도 두려워해 마땅한 일이다. 태어나는 아이마다 고통 한 줌씩 지고 오니 이는 아이가 말썽쟁이인 것과는 별개의 문제인바, 이 고통을 공평하게든 불공평하게든 분배해야 한다(맨스필드의 단편들에서는 늘 불공평하게 분배된다). 독일 하숙 부근의 온천지로 임산부들과 아이 엄마들이 찾아온다. 이들은 유난한 질환을 앓고 있다.

> **프로이트**
> 아이가 성인 여성으로 성장한 후에 저의 어릴 적 요구와
> 전적으로 어긋나는 도무지 배려할 줄 모르는 남자와 결혼하고,
> 이 남편이 저를 억압하고 사정없이 부려먹을 뿐 아니라
> 저에게 애정도 돈도 주지 않으면, 이 여자에게는 질병이
> 삶에서 스스로를 주장할 수 있는 유일한 무기가 된다.
> 질병은 그이가 그토록 갈구하는 휴식을 준다.
> 또한 건강한 여자에게라면 결코 희생하지 않았을
> 돈과 돌봄의 희생을 남자에게 강요한다.

독일 하숙에서의 치료책은 별다른 효과가 없는 듯하다. 투숙객 중 상당수가 매년 저희 결혼 생활을 뒤로하고 그곳으로 되돌아온다. 이들은 무엇으로부터 치료받기를 원하는 걸까?

5

캐서린 맨스필드는 제 화신인 KM과 마찬가지로 남편이 아닌 남자를 통해 임신했다(결혼은 필요에 따라 급히 거행됐다◇). 아이를 뱄으나 가족을 이룬 것은 아니었기에 어머니는 그를

휴양지 호텔로 보냈다.

아이를 '배다''with' child. 참으로 모호하고도 좋은 표현이 아닐 수 없다. '함께'라니. 거주하는 게 아니라 잠시 머무는 것, 함께 지내는 것일 뿐. 그런데 호텔에서 애를 낳는 사람이 어딨다고. 아닌가?

아이 엄마
딱 들어서는 순간 그래, 여기서 아기를 낳아야겠구나
싶더라고요. 그렇게 아름다운 방이 없었어요.[3]

이 말이 인용된 기사에서 기자는 "여자라면 누구나 이런 출산을 할 권리가 있다"고 집 이외의 장소에서 해산하는 경험에 대해, 즉 집일이 따라붙지 않는 곳에서 출산하는 것에 대해 썼다. "잡동사니가 널려 있지도, 책상 가득 영수증이 쌓여 있거나 개수대 가득 설거지거리가 담겨 있지도 않다. 개지도 않은 수건이 빨래 바구니째 눈앞에서 알짱대는 일도 없다." 이 엄마가 아이를 낳은 호텔에는 '슈피리어 객실'과 '딜럭스 객실' 외에도 '클럽 객실'이 있다. 그다음 급은 수이트다. 그보다 낮은 등급은 존재하지도 않는다. 호텔의 인테리어는 "향수를 자극하는 동시에 모던하다. 42인치 HDTV와 DVD 플레이어, MP3 포트와 무료로 제공되는 무선인터넷이 고객의 모든 엔터테인먼트 요구를 충족시킨다". 우단 소파는 "전문가의 손길로 최적의 장소에 배치했"으며 "객실 바닥 전체에 초콜

◊ 그러나 같은 날 밤 맨스필드는 남편을 떠났다.

릿 빛깔 카펫을 깔았다". 가장 큰 수이트에는 "1.5개의 욕실이 마련되어 손님 접대 시에도 편히 즐거움을 누리도록 배려한다". 클럽 층은 "100% 금연 구역"이다.

프로이트

연기가 나는 곳에는 화재도 있게 마련이다.

(이번에도 잘못 인용한 거려나?)

독일 하숙에 묵을 당시 캐서린 맨스필드는 임신 중이었으나, 무거운 짐 가방을 옷장 위에 올리려다가 균형과 함께 아이를 잃었다.

(나는 임신 중이 아니다.)

도라는 임신하지 않았으나 K 씨에게 키스를 당하고 구 개월이 지나 맹장염을 낳았다. 그다음엔 발을 절뚝거리는 후유증을 낳았다. 캐서린 맨스필드는…… 아무것도 낳지 않았다.

마술사의 묘기처럼 상자 안엔 아무것도 들어 있지 않았다.

KM(맨스필드의 화자/화신)은 비혼이지만, 사람들이 질문해 올 때면 유령 남편(그것도 하필이면 바다로 나간 선장)을 세상에 내놓는 것이 가능하단 사실을 깨닫게 된다. 묘기에 달한 추론 아닌가!

호텔에서의 출산 경험에 관한 기사에는 이런 댓글이 달려 있다. "나라면 누군가 돈 주고 섹스한 호텔 방에 묵느니 차라리 아이가 태어난 방에 묵겠다!"

동일한 출산 경험을 다룬 또 다른 기사 밑에는 이런 댓글이 달려 있다. "내 생각이 짧은 건지도 모르겠지만 이런 건 다음 투숙객한테 불공평한 게 아닌가 싶어요."[4]

다음 투숙객을 생각하는 사람이 있다는 말인가?

도라 어머니라면 그 정도 배려는 했을 성도 싶다. 프로이트에 따르면 그이는 자기 청결을 유지하느라고 집을 청소한다니까.

프로이트

청결을 유지해야 하는 성기가……불결해진

것이다.……도라는 엄마의 결벽증이

성기의 불결함에 대한 반작용이라고 이해한 듯하다.[5]

학생인 도라는 집안의 묵은 숙제인 집일을 경멸하지만 자기가 불결해지는 것 또한 원치 않는다.

그때나 지금이나 문제의 본질은 동일하다.

집 청소는 누가 할 것인가?

누가 더러워질 것인가?

부엌의 요리사, 거실의 요조숙녀, 그리고 요부…….

나는 이 중 무엇이어야 할까? 셋 다일 수도 있을까? 셋 중 어느 것도 되지 않는 방법은 없으려나?

이 모든 골칫거리가 호텔에서는 해결된다.

6

프로이트

겉으로 무슨 이야기를 하고 있건 간에

내심 어머니 얘기를 하고 있는 경우를 일컬어

프로이트 식 실언이라 한다.

프로이트는 이런 말을 하지 않았다. 이건 농담이다(그리고 농담이 대개 그렇듯이 최초로 이 농을 친 사람은 익명으로 남았다).

이건 실책 행동에 대한 농담이다. 즉 화자가 자기의 무의식적인 바람을, 그 바람을 드러내는 동시에 은폐하는 단어 상자 안에 숨겨 표현하는 것을 이르고 있다. 실책 행동은 농담처럼 들리나 의도된 농담은 아니다. 프로이트는 이를 프로이트 식 실언이라고 이름하지 않았다. 이러한 발화 패턴을 일컬어 그는 펠라이스퉁Fehlleistung이라고 불렀는데 이는 그르친 행위, 의도에 반하는 행위를 뜻한다. 말이란 간혹, 발화될 수 없을 때면, 지면을 넘어 발휘하기도 한다.

프로이트

입이 무거우면 손가락이 대신 말한다.

모든 땀구멍은 비밀을 누설하는 창구 역할을 한다.

도라가 가방을 만지작거린다.

프로이트

그녀는 목에 걸고 있던 최신 유행의

돈주머니를 가지고 장난했다.

도라

내가 최신 유행의 돈주머니를 들고 다니면
안 되는 이유라도 있나요?

프로이트

가방은 보석 상자와 마찬가지로
비너스의 조개, 곧 여성의 성기를 대변한다!

도라

그렇게 말하실 줄 알았어요.

증상이란 일종의 펠라이스퉁이다. 말할 수 없는 무엇인가에 대한 신체적 증거다.

프로이트

증상은 중지 상태에 머물러 있는 본능적 만족의
징후 아니면 대용물이다.[6]

증상은 단어와 마찬가지로 다른 것을 대신해 나타내는 어떠한 행동이다. 다만 직접적으로 대리하는 일반 단어보다는 프로이트 식 실언이나 농담처럼 동시에 두 가지 의미를 시사하는 다음 단어 형태들에 더 가깝다고 할 수 있다.

프로이트

[증상이란] 철사로 꿰어 이은 꽃 장식 같다.

(이것은 직유다.)

프로이트

잠자리와 밥상이 결혼을 구성하건대[7]

(이것은 환유다.)

프로이트

[증상이란] 조개가 그 주위로 진주를 형성하는 모래알이다.

(이것은 은유다.)

내 침대는 객실 한가운데 놓여 있다. 중요하다고 해야 할까 아니면 제의적이라고, 의례적이라고 해야 할까? 아니다. 맨스필드는 (혹은 그의 화신은) 은유를, 환유를 경멸했다. "아, 사랑스런 아가씨", 에르하르트 씨가 말한다, "인용문을 액면 그대로 받아들여서는 안 되지요".

KM의 화자는 추상화를 거부한다. 그러나 동시에 굳게 딛은 자기 두 다리와 독일 하숙의 든든한 음식과 독일인과 그 자녀 들의 단단한 신체를 경멸한다. 그들이 그리도 유쾌하게 여기고, 기어이 단어로 옮겨 표현하기 좋아하는 신체 기능을 경멸하는 것은 물론이다.

KM은 몸을 걱정한다. 몸 상태가 그이에게 정신적 증상(혐오감)을 유발한다.

도라의 신경증은 신체적으로 발휘된다(프로이트는 "체성" somatically이라고 표현한다).

체성 증상이란, 프로이트에 따르면, 신경증이 “신체 영역으로 탈출하는 경로”다.

도라는 신체적 사례다.

KM은 정신적 사례다.

나는 늘 탈출하는 중이다. 나는 고작해야 짐 가방이다.◊

7

프로이트

보통의 꿈은 말하자면 두 발 딛고 선다고 할 수 있는데,
이때 한 발은 실제적이고 본질적인 원인에 딛고 서며
다른 한 발은 어린 시절의 주요한 사건에 닿아 있다.

나는 꿈을 호텔 옷장과 같은 것으로 여긴다. 꿈에는 내부가 있고 외부가 있다. 꿈은 속이 채워지기를 기다린다. 그런데 이토록 체적 있는 가구를 지탱하기에 두 발로는 부족해 보인다. 두 바퀴 위에 딛고 서는 여행 가방이 어쩌면 보다 적절한 은유일지 모르겠다.

내 여행 가방이 객실 한구석에서 잠시 심방 온 정신분석가처럼 작고 까만 어깨에 각을 세우고 있다.

짐 가방이 뒷짐을 지며 증상을 말해 봐요라고 말한다.

아니, 난 도라의 꿈에 대해 얘기할 테다.

◊ suitcase(짐 가방)의 case는 경우에 따라 사례 혹은 환자를 의미하므로 “나는 고작해야 여행 사례다”로도 번역이 가능하다.

도라는 집이 불길에 휩싸이는 꿈을 꿨다. 도라 어머니는 보석을 구하고 싶어 했으나 아버지가 화를 내며 보석 없이 가족을 대피시켜야 한다고 고집을 부렸다. 어찌 되었건 도라 아버지는 도라 어머니의 보석을 좋아하지 않았다.

도라

아빠와 엄마는 보석 때문에 크게 다투었어요. 엄마는
진주 귀고리를 하고 싶어 했어요. 그런 걸 좋아하지 않던
아빠는 그 대신 팔찌를 사다 주었어요. 화가 난 엄마는
자신이 원하지도 않은 물건을 사는 데 그 거금을
쓸 바에는 차라리 다른 사람한테 줘 버리라고 했어요.

프로이트

(도라에게)
이제까지 당신은 보석 이야기만 했지
상자는 언급하지 않았습니다.

도라

(상자에 대해 이야기하지 않는다)

프로이트

'보석 상자'가 당신이 얼마 전에 가방을 언급하며
암시한 것, 그러니까 여성의 생식기를 일컫는
일상적인 표현이란 걸 당신이 아는지 모르겠네요.

농담에 설명이 따라붙어서는 안 되는 법이지만, 하기야 그게 정신분석이 아닐까 싶기는 하다.

프로이트

나는 신체 기관과 그 기능에

학술적인 명칭들을 부여한다.……

난 삽을 삽이라고 부른다.

내 호텔에는 삽은 어디에도 없고 집일의 흔적은 물론이거니와 다른 어떤 종류의 일의 흔적도 찾아볼 수 없으며, 다만 그러한 일의 결과만이 존재할 뿐이다. 그리고 당연히도 프로이트는 "난 삽을 삽이라고 부른다"라고 한 적이 없다. 이 말은 「단편」의 영어 번역판에 실렸으며, 독일어판에서 그는 "j'appelle un chat un chat"(난 고양이를 고양이라고 부른다)라고 썼다.◊

프로이트

어린 소녀 및 여성 들과 온갖 성적인 주제에 관해

이야기를 얼마든지 나누면서도 그들에게

해를 입히지 않을 수 있다.

프로이트는 삽을 언급하는 것 자체가 삽이 행동하도록 이끄

◊ 한국어판 『꼬마 한스와 도라』에서는 "사실을 사실대로 말하라"로 번역되었다(235쪽).

는 전율을 유발하는 것이기도 하다는 사실을 부인한다.

삽이라는 도구는 행동을 위해 설계된 것인 반면에 증상은 무행동의 산물, "유보되어 온 본능 충족"의 산물이다. 증상도 행동하나 삽처럼 행동하지는 않는다. 삽이 호텔에서 행동하는 것은 불가능하다.

프로이트

히스테리 환자를 치료하고자 하는 이는
성적인 주제의 회피가 불가능하다는 사실을
우선적으로 자각하지 않고는 치료를 맡을 수 없다.

혹은 프로이트가 말하듯(이번에도 프랑스어로) "오믈렛을 만들려면 달걀을 깨지 않을 수 없다".❖

삽으로 달걀을 깰 수도 있을 터, 하지만 그러면 오믈렛이 썩 먹음직하지 않을지도 모른다.

고양이에게 오믈렛을 만들어 줄 수도 있을 터, 하지만 그런다고 고양이가 달걀을 낳는다는 법은 없다.

프로이트는 증상을 일컬어 "전환 장애"conversion disorder라고 부른다. 그래, 사실이다. 내 집은 현재 제 기능을 못하고 뭔가에 가로막혀 있다. 난 무엇인가 벌어지기를 바란다, 모종의 전환이. 호텔에서 돌아가거든 나 스스로를 위해 더 좋은 집을 꾸려야지. 건물에 불과한 집을 뭐로 전환해야 할까? 가정으

❖ 한국어판에서는 "성공을 위해서 다소간의 희생은 불가피하다"로 번역되었다(235쪽).

로? 내가 말이라도 좀 달리 했다면, 이런저런 것들에 대해 다르게 말했더라면 그나마 도움이 됐으려나? 가정을 구성하는 것들, 가정을 꾸리는 데 들어가는 사물들을 세목별로 정리해 묘사했더라면? 눈에 보이지 않는 것들, 지붕에 둘린 물받이, 타일까지 다 언급했더라면? 우리 집을 다른 유형의 단어들로 옮겼더라면, 다른 말로 바꾸어 나타낼 수 있었더라면?

앞으로는 삽을 보거든 고양이라고 부르겠다.

고양이를 보거든 달걀이라고 부르겠다.

프로이트가 친구 아르놀트 츠바이크에게 썼듯 "다들 알겠지만 나는 고양이를 좋아하지 않네".[8]

무엇이건 보는 즉시 깨부수겠다.

드니스 라일리

결코 당도하지 않는 외로운 시간이 있으니,

바로 언어의 비은유성의 시간이다.[9]

어쩌면 시간이 아니라 장소일지도 모르겠다. 혹은 시간이자 장소이거나. 예컨대 어느 호텔, 창이 난 호텔 방, 레이스 커튼이나 이중창이 달려 있어 바깥에서 드는 빛에 따라 차츰 어두워지는 곳. 간접적인 것, 은유, 실언은 다른 그 무엇을 능가하는 직접성을 띨 수 있다고 프로이트는 말한다.

8

도라의 '히스테리 사례'는 또한 도라 어머니의 사례이기도 한데 어머니의 경우 사례-상자는 보석 상자다.

나는 도라가 그랬듯 보석이나 장신구를 착용하지 않으며 이곳에 보석함을 가져오지도 않았다. 대신 내게는 짐 가방이 있다. 그 안에 옷가지를 보관한다. 옷은 내게 중요하다. 나는 내가 입은 옷이 잘 받다 못해 날개라는 말을 종종 듣기도 했거니와, 그 옷들을 통해 언제고 다른 곳으로 이동될 가능성을 간직한다. 당신은 내게 보석을 주지 않는다. 보석을 주고 싶다고 말하기는 한다. 다만 도라 아버지와 달리 당신은 나보고 원하는 것을 고르라고 한다. 당신이 직접 고르면 내 마음에 들지 않을 수도 있다고 당신은 말한다. 나는 그래도 당신이 고르길 원한다고, 내가 고르면 그건 선물이라 볼 수 없다고 말한다. 어느 날인가 당신은 K 씨가 도라에게 그랬듯 보석함을 내게 준다. 당신이 고른 것이다. 난 보석함이 못생겼다는 생각을 숨기려 한다. 몇 년 뒤에 당신은 실은 당신도 보석함이 못생겼다고 생각한다고 내게 토로한다.

난 여전히 그 보석함을 사용하고 있다.

가방을 꾸릴 시간이다. 바퀴 두 개와 당겨 펼치는 손잡이가 달린 내 짐 가방. 안에 넣을 것도 별로 없어서 빈 껍데기의 반쪽만 겨우 찬다. 뚜껑을 덮자 석화처럼 입을 다문다. 모퉁이를 돌면 바퀴 하나가 허공에 뜬다.

남은 한 발은 여기 있다.

열 살이 되기 전까지 수년간 나는 내 여러 보물을 담아 둔 가방을 침대 밑에 쟁여 놓았다. 집에 불이 나기든 언제고 도망치기 위한 조치였다. 정확히 몇 년 동안 이 버릇이 지속되었는지는 기억나지 않지만, 덕분에 그 기간 동안은 애지중지

하는 보물을 꺼내 쓸 일이 거의 없었다. 그 가방에 보석함은 없었지만 저금통은 들어 있었다. 그렇게 아름다울 수가 없는 저금통이었다. 나무로 된 주사위 모양으로, 나만 아는 조합으로 몇 번의 정해진 동작을 반복하면 옆면이 스르륵 열렸다. 이제는 고장났지만, 여전히 간직하고 있다.

"우리 집에 실제로 불이 났던 적은 없어요." 도라는 말했다.

난 언제고 도망칠 준비가 되어 있었으므로, 우리 집이 불붙는 일은 끝내 일어나지 않았다.

9

프로이트

증상은 처음 여기기에는 정신적 삶에 찾아오는 불청객과 같다.

내가 아무런 증상도 보이지 않은 채 병의 원인에서 치료책으로 곧장 이동한다면? 질병 상황에서 치료 상황으로, 다시 말해 집에서 호텔로 직행한다면? 호텔은 대피 경로로 보일 수 있으나, 무언가의 내부에는 언제나 다른 무엇이 깃들어 있기 마련이라고 프로이트가 내게 일러 준다. 호텔이 손님을 만족시키고자 제공하는 욕망들에 손님이 저 자신을 끼워 맞춰야 하는 것과 마찬가지로, 증상들 또한 쉬이 알아볼 법한 갈래로 나뉘기 마련이다. 고로 개별 투숙객에게 배당된 객실, 개별 신경증에 배당된 증상. 간혹은 호텔에서와 마찬가지로 다수의 신경증에 하나의 증상이 배당되기도 한다. 프로이트는 또 말하길 병인이 상실된 이후에도 증상은 남을 수 있다고 한다.

증상이 그 자체로 곧 원인이 되는 경우가 있다고, 속이 빈 껍데기처럼. 치료책을 구하는 것도 하나의 증상일지 모르겠다, 어쩌면. 호텔에 지내는 것, 그 자체가 하나의 증상이다.

프로이트

분석 치료의 실질적인 목표는
가능한 모든 증상을 뿌리뽑는 데 있다.

그런데 내가 무얼 치료받으러 왔더라? 기억나지 않는다. 제 병을 확인하고도 한참이 지나서야 치료를 받겠다며 호텔을 찾아갈 수도 있는 법이다.

호텔은 또 그 나름의 증상들을 낳는다.

증상들을 잃는다면 나 또한 사라질지 모른다.

증상은 욕망의 달걀 껍데기다.

7
호텔 막스 (브러더스)

미쳐야만 여기서 일할 수 있는 건 아니지만,
그 편이 좀 수월할 거야.

화자 미상

출연진 **와일드** 극작가
잉글랜드인 입원 수속 담당
뉴질랜드인 환자
리오 극작가
그라우초 기업가
회수업자 체불 상품 회수업자
마거릿 듀몬트 보조역
치코 막스 브러더스 중 한 명
호텔 감독관 호텔 감독관
여자 애인
하포 무-성聲 배우

더는 상황을 혹은 저 자신을 견딜 수 없을 때면 프로이트의 환자들은 호텔로 향했다. 그리고 호텔이 더는 저희의 욕구를 충족시켜 주지 않을 때면 휴양지로 옮겨 갔고, 거기서 다시 요양원으로 떠났으며, 요양원에서 간혹 숨을 거두기도 했다.

최초의 병원들은 빈민 구호소와 크게 다르지 않았다. 병원이란 가난한 사람을 위한 곳이었다. 집에서 병을 다스림받을 수 없는 이들, 각종 우환 탓에 집에서 제외된 이들이 병원에

왔다. 반면에 호텔은 집에서는 제공되지 않는 심신의 다스림을 대 주는 부자를 위한 공간이다. 양쪽 모두 현찰의 있고 없음으로 제 고객들과 결부된다.

오스카 와일드

(어느 호텔에서)

내 호주머니로는 감당 못할 죽음을 맞게 생겼구나.

최초의 병원을 찾은 손님들 또한 사회자본이 부족한 이들이었다. 어린아이, 병든 이, 연로한 이, 집일을 할 수 없는 이들과 아예 집일을 하기를 거부하는 이들, 그를 거부해 문란해진 사람들, 곧 매춘부, 비혼모, 노숙자, 장애인, 수용 불가능자 들이, 그리고 이들과 더불어 이제 진료소에서 정신적 증상을 치료받게 될 이들이 병원을 찾았다. 가난한 사람은 문란할 확률이 더 높았고, 문란한 사람은 병원에 숨겨질 확률이 더 높았다. 집답지 않은 사람이라도 집이라 부르며 적 두고 살 곳은 있어야 하는 법이기에.

오스카 와일드는 런던의 한 호텔에서 '음란죄'로 체포되었다. 뒤따른 재판에서 그는 본인의 저작 활동을 증거랍시고 내세운 원고 측의 불리한 주장에 맞서 자기 글의 온당함을 변호해야만 했다. 때로 글은 지면을 넘어 발휘된다. 그로부터 얼마 후에 와일드는 파리의 한 호텔에서 생을 마감했는데, 이 호텔은 신神의 호텔(오텔 듀)이라 이름 붙은 병원과 강을 사이에 두고 마주해 있었다. 병원이란 한때(병원이 또한 구빈소이기도 했던 의술 발달 이전 시기에는) 호스피스에 더 가까웠다. 곧 종착의 사양길에 접어든 이를 위한 곳이었다. 치료는 기대하지도 않았다. 병원은 다만 이승과 저승의 들목에서 하룻밤 정차하는 곳일 뿐, 아무도 게서 오래 연명하지는 않았다.

사양하자:

환대하기를.

홀대하기를.

호스피털이기를.

호스피스이기를.

근래 들어서는 병원에서조차 호텔을 마련해 두니,[1] 건강한 자들이 아픈 자들과 나란히 지낼 수 있다. 물론 질병을 더는 친숙하게 여기지 않고 사적인 것으로 간주하는 때니만큼 각기 분리된 영역에서 지내게 되지만 말이다(공통된 요소로는 서비스 제공의 가능성, 청결도, 유령, 죽음, 권위, 환대, 그리고 언제고 내쫓길 가능성을 들 수 있다). 손님도 환자도 모르는 사람들의 돌봄 아래 맡겨진다. 난 한때 호스피스에서 짧게 일한 적이 있다. 사방이 흰 곳이었다. 누군가 내게 일러 주기를, 자기 방을 꾸미기 좋아하는 환자도 있고 방을 텅 빈 채로, 흰 벽은 흰 벽대로 흰 침대보는 흰 침대보대로 놔두는 환자도 있다고 했다. 호텔처럼 보이는 곳에서만 최후를 맞고자 하는 사람도 있는 것이다.

난 오스카 와일드가 죽은 호텔에 묵은 적이 있는데 그렇다고 그와 같은 방에 묵은 건 아니었다. 그의 이름을 붙인 와일드 객실에는 나로선 본 적 없는 다채로운 색과 문양을 띤 벽지가 흰색 벽지 대신 발려 있다. 나는 호텔 뒤쪽이 내다보이는 다른 객실에 묵었다.

와일드

(죽어 가며)

이 벽지가 결딴나거나 내가 결딴나거나.

이 경우는 인용이 잘못되었다. 실제로 와일드는 이리 말했다. "저 벽지와 난 지금 사활을 건 결투를 벌이고 있다. 둘 중에 하나는 결딴나고 말 터."[2] 이건 실책 행동에 해당하지는 않고, 다만 말이 생략된 경우다. 시간도 생략됐다. 내가 읽기로 와일드는 죽기 몇 주 전에 이 말을 했다. 여하간 이건 농담이고, 농담이란 병원이나 호텔과 마찬가지로 그 각각의 안에 내장된 무엇, 다만 숨은 채로 그 안에 담겨 있는 무언가로 주의를 끄는 법이다.

잉글랜드인 입원 수속 담당자

생을 마감하러to die 오신 건가요?

뉴질랜드인 환자

(KM일지도 모르겠다)

아니요, 어제yester-die 왔는데요.◊

입원 수속 담당자가 아니라 프런트 데스크 접수원이었을 수

◊ 영어가 하나의 언어이지 않고 여러 영어로 존재한다는 사실로부터 발생하는 유머의 한 예로, 여기서는 day를 die에 가깝게 발음하는 뉴질랜드인 환자가 to die를 today로 이해한 바람에 질문을 곡해한 상황이 웃음을 유발하는 동시에 숨어 있던 다른 의미를 드러낸다.

도 있다. 환자가 병원을 호텔로 착각한 것일 수도 있다. 그런 착각이야 쉽게 일어날 법하다. 호텔을 배경으로 한 농담은 많고, 그 중 대다수가 손님을 대접하는 이와 손님 대접을 받는 이 사이에서 벌어지는 오해를 축으로 하니까. 그러니 양쪽 다 그리 대접받아 싸다. 이 농담은 우리가 영국 영어와 뉴질랜드 영어가 어떻게 지면을 넘어 발휘하는지를 안다는 전제 하에 성립한다. 언어유희는 대개 친숙하지 않은 것과 친숙할 것을 요구한다. 낯선 사람이 등장하는 농담 수를 헤아려 보라. 많은 농담이 불안을 소재로 하는데 불안은 프로이트가 말한 바 있듯 다가오는 공포에 대한 예전 기억이 새삼스레 다시 발휘되는 것에 다름 아니다. 죽음을 입에 올리기 좋아하는 사람은 아무도 없고, 병원이나 호텔에서는 더욱더 그러하다.

1

영화 「룸서비스」Room Service, 1938에서 막스 브러더스 삼 형제는 호텔에 사는 연극 제작자 역을 맡았다. 투숙비를 정산할 길이 없기에 이들은 투자자가 수표를 가지고 호텔에 나타나기만을 기다리고 있다. 호텔에 계속 묵고자 하는 세 형제는 호텔 지배인에게 내쫓길 것을 겁내는데, 한편 호텔 지배인은 호텔 감독관의 감시 하에 있으며, 호텔 감독관은 본인 말에 따르면 조만간 인사 발령을 내릴 호텔 경영진의 관찰 하에 있다. 그 반면에 도라는 다방면에서 감시를 받는다. 제 아버지로부터, K 씨로부터, 그리고 이들이 전한 바를 다시금 전하는 프로이트로부터. 도라 어머니와 K 씨 부인은 도라를 감독하지 않거나, 혹은 프로이트가 그들의 감독에 대해서는 보고를 않는다.

호텔에 계속 머무르려면 막스 형제는 병이 난 것처럼 보여야 한다. 또는 그들이 극작가로 고용한 리오(프랭크 앨버트슨)가 이러저러한 증세를 보이기 시작해야 한다. 하여 이들은 리오의 얼굴에 반점을 그려 넣는다. 촌충에 감염되고 말았어요, 후두염에 걸렸다고요, 라고 지배인에게 말한다. 리오는, 도라와 마찬가지로, 말을 하지 못한다. 그러다가 리오가 실제로 앓아눕는다. 체성 증상과 진짜 질환을 구별하기란 원체 어려운 일이다.

제작자들의 빈 호주머니가 이 증상들을 조작해 낸 것이다(막스 브러더스 영화에는 늘 파산한 인물이 등장한다).

리오

이딴 호텔이 어딨습니까? 들어서자마자
육백 달러를 빚지는 꼴이라니요.

누군가 막스 브러더스의 호텔 방문을 두드린다.

그라우초

쉿…… 돈이 왔어요!

연극 투자자가 보낸 에이전트를 예상하고 문을 열자 회수업자가 서 있다. 리오에게서 타자기 대금을 받으러 온 것이다.

그라우초

글쎄, 자기 돈을 다 찢어 버렸다니까요.

회수업자

정말 단단히 돈 모양이네요…….

그래, 어디로 데려갔나요?

그라우초

산부인과 병동요.

회수업자

산부인과라니요? 머리가 잘못됐다면서요.

그라우초

돌지 않고야 왜 산부인과엘 갔겠어요.

「룸서비스」 줄거리에 어머니 배역은 일절 등장하지 않는다. 막스 브러더스의 영화 중 무려 일곱 편에서 그라우초를 쫓아다니던 마거릿 듀몬트도 등장하지 않으며, 다만 정작 본인들은 아무도 쫓지 않으나 그럼에도 누군가의 호감의 대상이 되는 두 젊은 여자만이 등장할 따름이다.

와일드

여자란 결국 제 어머니처럼 되기 마련이니,

그게 여자의 비극일세.

영화에 나오는 두 여자는 한 남자만 바라보는 타입이고 남자들도 한 여자만 바라보는 유형이다. 다른 사람과 교환 가능한 인물은 아무도 없으며 여자 수가 부족하다. 하포가 쫓을 치맛자락이 없다는 점에서 「룸서비스」는 통상의 막스 브러더스 영화와 다르다(물론 영화 포스터에서 하포는 미니스커트 입은 객실 청소부를 뒤쫓는 모습으로 그려진다). 그 대신에 그는 공원의 연인들을 바라본다. 본인은 호텔에 붙박여 지내야 하는 처지요 호텔 안에 있는 여자에겐 모두 임자가 있는바, 그는 호텔 창문 너머로 그들을 무성영화 보듯 바라봐야 한다.

(도라는 길거리 연인들에게서 눈을 돌렸다. 그들에게서 그는 혐오감을 느꼈다.)

연극 투자자가 막스 브러더스의 연극에 돈을 대는 조건으로 제 여자친구에게도 배역을 맡기라고 요구하는데, 그에게 돌아갈 역할은 없다. 이 영화에서와 마찬가지로 리오의 각본에 등장하는 인물 대부분은 남자다.

그라우초

광부 역이 여럿 필요하니 그 아가씨보고
광부miner 역 하나 맡으라고 하면 되겠네요.

(혹시 여기 미성년자minors에 대한 농담이 들어 있는 건 아닐까? K 씨에게 처음 키스를 당했을 때 도라는 열네 살이었다.)

리오

하지만 광부들은 전부 남자인걸요!

그라우초

여기서 꼭 성性을 운운해야겠어요?

난 깨끗한 연극만 제작해 온 사람이라고요!

그라우초는 저를 돋보이게 해 주는 조력자 역할을 맡아 온 듀몬트에 대해 다른 어느 보조역보다도 난 뛰어난 조력이라면서, 듀몬트가 자기가 하는 농담들이 어떤 면에서 문란한지 이해하는 법이 없는 것을 그 비결로 꼽았다.

마거릿 듀몬트

코미디의 보조역, 그러니까 농담이 통하지 않는

진지한 역을 연기하는 데는 그만의 기예가 있어요.

주인공을 추켜세우되 절대로 그보다 돋보이거나

그가 받을 웃음을 가로채서는 안 되죠.[3]

그런 듀몬트가 이 영화에는 아예 출연하지 않으므로, 즉 가장자리 어딘가에서 순진한 귀로 그의 농담을 (못 알아)듣고 있지 않기에, 그리하여 듀몬트가 상징하는 어머니/연인, 즉 가장 경외스런 형태의 여성성이 부재하는 까닭에 「룸서비스」에는 문란함이 비집고 들어설 기회가 많지 않다. 막스 브러더스 영화를 깨끗이 청소한 영화가 곧 「룸서비스」다. 실제로 이는 브로드웨이에서 1937년에 처음 상연된 희곡을 원작으로 한 영화지 막스 브러더스가 각본을 쓴 영화가 아니다.

막스 브러더스는 '호텔 경비원'hotel dick◊이라는 불청객이 들이닥칠까 봐 걱정한다.

“당신이 호텔 경비요?” 보는 사람마다 붙잡고 물어본다.

그들이 호텔 경비로 오인한 이가 사실은 호텔 의사였던 것으로 밝혀진다.

호텔 의사는 누차 그리고 여러 인물에 의해 호텔 경비로 오인된다. 이런 게 전이인지도 모르겠다.

모두가 호텔 경비를 예상하나, KM의 남편과 마찬가지로 그는 끝내 모습을 보이지 않는다.

2

영화가 어느 정도 진행되면 막스 브러더스는 또다시 숙박비를 계산하지 못하는 상황에 처한다. 이번에는 호텔 감독관이 돈을 지불할 때까지 형제를 호텔 객실에 가둔다. 머물고 싶던 방이 탈출하고 싶은 방이 된 것이다.

치코

불이 났으니 대피하라고 하자!

그라우초

그것도 불이 나야 가능하지.

하포가 손짓을 해 보인다(하포는 도라와 마찬가지로 실성증에 걸렸다).

◇ dick은 사설탐정, 형사, 경비원 외에도 남근을 이르는 속어다.

치코

(하포의 만년 통역사)

그럼 불부터 피우지 뭐.

(도라는 불이 나는 꿈을 꾸는데, 꿈에서 도라 어머니는 보석 상자를 구하고 싶어 한다.)

하포(언제나 소리 없이 들이닥치는 이드id를 연기하는)가 샴페인을 병째 들이킨 뒤 휴지통에 든 종이를 바닥에 쏟아붓고는 모자에서, 어라, 횃불을 끄집어내더니만 불을 지르고 만다. 그러고는 불 앞에 쪼그리고 앉아 두 손을 쬐는데, 그로써 불길이 위협적인 면모를 잃고 우호적인 것으로 돌변하니, 화재가 날 가능성은 사라진 셈이다.

와일드

담배를 피운다니 다행이군요.

남자라면 뭐든 할 일이 있어야 하는 법이에요.

막스 브러더스는 다시금 생각한다.

호텔에 머물고 싶을 때는 저희 중에 한 사람이 아픈 척 시늉해야 했다. 그리고 이제 호텔을 벗어나고 싶은 때가 왔으니 누군가가 죽은 척 시늉해야 한다. 형제는 리오가 자살하는 척 연기하는 수밖에 없다고 결론 내린다.

그라우초

독액을 한 병 비우는 거야. 그러면 우리가

병원으로 당장에 데려가는 수밖에 없잖아.
설마 그걸 막아서리라고.

(도라는 편지에 자살 의사를 밝힌다. 그러고는 서랍에 넣어 버리는데, 그러고도 아버지에게 편지를 들킨다.)

막스 브러더스는 예비 신부 수이트 객실 침대에 리오를 누인다. 분홍색에 친츠로 장식된 일인 침대다. 리오의 애인 입장. 애통해해야 마땅할 여인은 의외로 극적인 태도를 보이지 않는데, 이는 애초 연기력이 딸린 탓일 수도 있다.

애인
(맥없이)
당신이 다 죽어 간다고 그리블 씨가 말해 줬어요.

(도라는 길에서 K 씨를 보았다. 길을 걸어가다가 K 씨는 차에 치인다. 도라는 그걸 목격하고도 걱정하는 반응을 그 당장은 보이지 않았는데, 이건 그가 사고 현장에 남아서 상황을 지켜보지 않고 바로 자리를 떴기 때문이다.)

리오
(극작가답게)
이건 플롯일 뿐이에요, 내 사랑.

(이건 실책 행위, 아니 그러니까 농담이었는지도 모르겠다.)

리오

(죽은 체한다)

치코

남긴 말이라곤 "어머니!"뿐이었어요.

와일드

(모성의 신비에 관한 저 희곡 「어니스트여야만 하는 이유」에서)

어머니!

호텔 감독관

돈 때문에 그리들 아등바등하잖습니까.

그런들 다 무슨 소용이라고.

다음엔 누가 갈지 아무도 모르는 건데…….

애스터 호텔에서 죽지 않은 게 아쉽군요.

치코, 그라우초(그리고 하포)가 "오너라, 천국의 마차여, 날 보듬어 집으로 데려다줄 복된 마차여"Swing low, sweet chariot, coming for to carry me home라고 노래 부르며 리오를 호텔 밖으로 부축해 극장으로 데려간다.◊ 호텔 출구는 건물 뒤편에 나 있다. 규모도 작은 이 비상 출구는 호텔 현관으로는 내갈 수

◊ 영화 줄거리와 차이가 있는 대목이라 부연하면, 리오가 죽었다고 생각한 호텔 감독관이 경찰을 부르려 하자 하포가 즉석에서 자살하는 척 연기를 펼친다. 이에 당황한 감독관은 호텔 평판을 생각해 그라우초와 함께 '죽은' 하포를 호텔 밖으로 부축해 나간다.

없는 것들을 위한 문인데, 호텔 현관은 이 영화에 단 한 번도 등장하지 않는다. 호텔을 떠나기란 보기보다 어려운 일이다.

그리하여 이들은 극장에 도착한다, 아니 이미 극장에 있다. 이들이 어떻게 극장에 입장하는지 우리는 보지 못하는데, 어쨌거나 그들은 호텔을 떠날 필요가 없었다. 리오의 연극은 호텔 한복판에 불현듯(꿈속에서 한 장소가 다른 장소로 전환되듯) 등장한 극장에서 공연된다. 호사로운 호텔 가운데서 무대에 오른 연극은 탄광 광부들을 소재로 하고 있다. 배우들이 저희 직종을 보여 주고자 삽을 들고 입장한다.

와일드

다행히도 난 평생껏 삽은 구경도 못해서요!

연극은 진지한 내용을 다루는 듯하다. 사회적인 쟁점과 중노동, 그리고 죽음에 관한 연극인 모양으로(비극으로 분류된다), 말하자면 호텔이라는 공간엔 발 디딜 여지가 없는 것들을 주제 삼는다. 배경은 시골이다. 그곳에는 호텔이 아예 없다. 이는 호텔에 묵을 형편이 안 되는 사람들에 대한 연극, 극장에 갈 터수가 안 되는 사람들에 대한 연극이다. 배우들이 서로를 "동지"라 일컫자 모두가 박수를 친다(때가 1938년인지라).

관객 틈에 숨어 있던 리오가 "작가 인사! 작가 인사!" 하고 외침으로써 제 정체를 탄로낸다. 그는 삼인칭으로 스스로를 지칭하는데 이는 그가 죽었기 때문이다. 하포가 죽은 시늉을 하며 관대에 들려 무대에 등장한다. 예기치 못하던 등장이었을 텐데도 배우 중 어느 누구도 놀란 눈치가 아니다. 하포는

극의 주제에 부합하는 벌목꾼 셔츠를 입었다. 아무도 슬퍼하지 않는다. 이건 그가 연기를 하고 있을 따름인 까닭이다. 그런데 정작 배우들은 연기를 중단했다(여전히 연기 중이었다면 슬픈 연기를 펼쳤을 터다). 그게 아니라면 연극이 비극에서 희극으로 탈바꿈했거나.

죽음은 와일드가 묵었던 호텔과 마찬가지로 내 호주머니 사정을 넘어선다. 호텔이란 종착해 마땅한 곳이 못 된다. 따지면 그렇다. 호텔은 비극이 불가능한 곳이므로. 호텔에서 맞는 죽음이라니, 농담도! 와일드가 옳았다. 호텔은 의미가 오래 머물도록 허용하는 곳이 아니기에 호텔에서는 죽음도 농담으로 말미암아 굴절된다. 호텔은 결말에 대한 일말의 희망도 차단한다. 그렇대도 나는 호텔에서 죽고 싶을지도 모른다. 병원과 같은 위생적인 환경에서, 청결한 침대보 위에, 타불라 라사로 단숨에 정리될 수 있도록, 태어날 때와 마찬가지로. 임종에 이르러 남길 마지막 한마디는?

일동

(무대와 무대 뒤에서 노래하며)

오너라, 천국의 마차여,

날 보듬어 집으로 데려다줄 복된 마차여.

8
대화 요법

호된 비난은 내면에 자리 잡아 맴돌기 마련인데,
그 강도와 지속력이 워낙 세서 비난받은 이가
그 비난이 사실일 수도 있다는 것을 두려워하는 동시에
또한 사실이 아닐 수도 있다는 것을 두려워하게 만드니,
후자의 경우에는 자기가 구성해 온 이야기를
통째로 단념해야만 할 것이기 때문이다.
드니스 라일리, 『감정으로서의 언어』

출연진 **프로이트** 정신분석가
도라 십대 소녀
KM 투숙객

1

그리하여 나는 호텔 리뷰를 작성하고 돈을 받지는 않았으되 단어를 물건과 교환했으니 이 물건들이란 호텔에서 발견할 법한 것들이었다. 교환율이 고시되지는 않았으나 교환은 언제고 발생했다. 내가 쓴 단어들은 지면을 넘어 발휘되었고 그러면서 모종의 전이가 일어났는데, 혹은 내 단어들이 미리 역할 발휘를 했는데, 그도 그럴 것이 나는 호텔에 묵기에 앞서 이미 내 글쓰기에 대략 무엇이 요구될는지 가늠하고 있었던 것이다. 내 단어들은 흰 침대와 흰 욕조로, 타월 가운으로, 저녁 식사로 대체되었으나 나는 이 모든 것 중 그 무엇도 계속

손에 쥘 수 없었으며 실제로 그리하고 싶은 것도 하나 없었다. 끝에 가서는 그 물건들이 단어들보다 되레 더 덧없었으니 물건들은 어느 시점엔가 멈춘 반면에 그 단어들은 여전히 그곳에 있는 까닭이다.

캐서린 맨스필드는 폰 갈 남작 부인의 딸이 치료차 독일 하숙에 찾아오는 이야기를 썼다. 남작 부인의 딸은 언어장애가 있었다. 대화 치료를 받고자 온 것이었는지도 모른다. 다른 투숙객들은 그에 관해 가타부타 말할 수가 없었으니 이는 남작 부인의 딸부터가 제 입으로 왈가왈부할 수 없는 탓이었다. 그는 또한 자기의 동행인이자 여타 투숙객이 그리도 극진히 환대하는 여자가 실은 남작 부인의 비혼 동생이 아니라 본인의 하인이라는 사실도 토로할 수가 없었다.

실성증은 비혼자들에게 발생할 때나 흥미를 자극한다. 그렇기는 말하기도 마찬가지다.

KM

혼약과 혼인에 이르는 사랑이란 다만
용인된 불륜에 해당하는걸.

나는 결혼했던 적이 (혹은 여전히 결혼해) 있으며 단어에 대한 내 권리를 주장한다. 그런들 무슨 말을 할 수 있으랴. 주구장창 말과 이야기를 늘어놓을 수도 있으나 말을 해서는 아무것도 바뀌지 않는다, 내 안에서조차.

나는 내 호텔에 있고 당신은 부재중이다. 호텔이 당신에게서 벗어나는 길이라고 생각했건만 오히려 당신의 부재로 가득한 곳이다. 호텔에는 당신을 구성하는 어느 부분도 있지 않은데도 그러하다. 어차피 난 당신과 말하고 싶지 않다. 당신과 원만하게 지낼 수가 없다. 당신과 말을 나누지 않는 이상 원만하게 지낼 수가 없다. 당신과 내가 서로 말할 때 우리는 아무 말도 나누지 않는다. 당신은 내게 이러저러한 것들에 대해 말하길 좋아하는데 그건 이러저러한 물건에 대해, 그러니까 침대와 욕조와 타월 가운과 저녁 식사에 대해 말한다는 뜻이다. 당신은 말하되 아무 말도 아닌 말만 내게 늘어놓길 좋아한다.

창이 화면을 채우고 말하기가 시작하기를 나는 기다린다.

(여기서 말하기란 물론 쓰기로서의 말하기다.)

그러나 끝내 시작하는 법이 없고, 그렇기에 결코 실망을 안기는 적이 없다.

난 당신과 말하고 있지 않을 때만 당신과 말하고 싶어 한다.

그럴 때면 밤낮 없이 당신과 말하고 싶다.

당신은 "내 사랑"이라고 말하고는 사랑하는 행위를 하나도 안 할 수 있다. 당신이 그리 말할 때마다 나는 그 말을 철석같이 믿는다.

그런즉 당신의 그 말은 증상 없는 말이다. 내 안에 든 증상들을 헤아리지 않는 한은 없기나 마찬가지다.

내가 곧 당신이 하는 말의 증상이다.

프로이트에 의하면 도라의 실성증은 정신적 증상이 신체적 증상으로 나타나는 '전환 장애'에 해당했다. 교환율이 고시되지는 않았으나 전환은 언제고 발생했다. 실성증은 가능한 히스테리 증상 중 하나에 불과하나, 이것이 불평의 이유 즉 질환인 것은 아니다. 질환은 히스테리다.

어떤 여자들은 불평하기 위해 호텔에 간다.

어떤 여자들은 치료를 위해 호텔에 간다.

또 다른 여자들은 대화 치료를 위해 간다.

프로이트는 도라와 이야기했고, 그다음에는 도라에 대해 (도라 본인에게) 이야기했으며, 그에 이어 도라에 대해 썼다. 그 내내 도라는 침묵하는 제 몸으로 줄곧 불평을 호소했는데, 그가 호소하는 불평이 의미하는 바는 뭐든 될 수 있었다. 우리는 도라를 볼 수조차 없다. 프로이트가 써 놓은 단어들을 읽을 수 있을 따름이다. 환자의 몸을 공개한다. 환자의 몸을 거두어 간다. 거리만이 유일한 치료책이다. 벗어나기, 이는 공간만이 아니라 시간의 문제이기도 하다. 그런데 이제 와서 봐도 실성증은 말이 되는 증상이다.

프로이트

평소처럼 반박하는 일 없이 그녀는 잠자코 듣기만 했다.
그녀는 마음이 움직인 듯이 보였고 다정한 태도로 내게
따뜻한 송년 인사와 함께 작별을 고했다.
그러고는 다시는 오지 않았다.

프로이트는 도라에게
돌아오라고 하지 않을 것이다.

(당신은 내게 돌아오라고
하지 않을 것이다.)

도라는 치료를
요구하지 않을 것이다.

(나는 치료를
요구하지 않을 것이다.)

두 사람은 더 이상 서로에게
단어를 소요하지 않을 것이다.

(우리는 더 이상 단어를
소요하지 않을 것이다.)

실성증. 당신이 내게 말을 하지 않더라도 난 어쨌거나 그 사실을 글로 쓸 수 있다.

프로이트

그녀는 학업에 열중했고
결혼할 마음은 갖고 있지 않았다.

도라는 말을 함으로써 마침내 스스로를 치료하기에 이르렀으나, 프로이트에게 입을 연 것은 아니었다. 도라는 아버지와 바람을 피우고 있다는 사실을 안다고 K 씨 부인에게 말했다. 그리고 K 씨에게 "호숫가 장면"을 시인하라고 (프로이트의 표현에 의하면) "강요했다"(실제로도 그건, 프로이트가 도라에게 그 뜻을 풀이해 주는 과정에서, 하나의 연극 '장면'이 되었다. 캔버스 나무들이 무성하던 그 숲과 예술 작품에 대한 프로이트의 언급 모두 끝내 섹스로 귀결되고 마는 극적 장면을 연출했다).

K 씨는 도라의 말이 맞다고 시인했다.

프로이트

다만 그 개개의 비난을 화자에게로 하나씩 되돌려 보면 된다.

도라는 처음부터 알맞은 말을 속에 지니고 있었던 것이다.

다만 그는 알맞은 화자를 기다려야 했다.

2

화면을 보며 나는 자꾸만 시간을 확인한다. 내가 있는 곳, 당신이 있는 곳, 그리고 그 사이에 낀 시간들의 두께를 가늠한다.

더는 못 기다리겠다.

호텔의 흰 수건들이 들썽거린다. 내가 어서 물속으로 들어가기를 바라는 것이다. 그리고 흰 알약들. 보통 당신은 알약을 반으로 똑 부러뜨리는데 그 소리가 아주 쌈박하다. 아니, 이는 소리의 메아리일 뿐 실제로는 아무 소리도 나지 않는다.

내 머리가 상상해 넣은 소리일 뿐이다.

당신이 있는 곳이 지금 몇 시인지 기억나지 않는다. 시간대가 다른 곳인데. 다시 본다. 그랬다가 고개를 돌리고, 그랬다가 또 확인한다. 여전히 기억이 나지 않는다.

언제가 알맞은 때일까? 난 우리가 이야기 나누기까지 아직 조금 더 기다릴 수 있다.

그곳이 몇 시건 당신은 대답하지 않을 거다, 적어도 내 귀에 들리는 방식으로는.

내리 시간을 확인하는 것은 무의미하다.

그러다 문득 몇 시인지 기억해 낸다. 그래도 소용없다. 당신이 있는 곳이 지금 몇 시건 간에 내가 할 말에 당신은 결국 실망할 테니까.

흰색은 희생을 부른다.

네모난 흰색 욕조 귀퉁이에 가로로 금이 갔다. 수도꼭지를 돌린다. 욕조에 들어간다. 욕조가 구부정하게 굽는다. 네모 밖으로 원이 번진다. 그 아래로 물이 괸다. 난 룸서비스를 부른다. 이건 내 탓이 아닌데, 그래도 난 방을 비우고 수리가 끝날 때까지 흰 태양 아래 흰 길거리를 걸어야 한다.

내 탓이 아니야.

다만 내게 허용된 것의 범위가 무엇이지? 딱히 필요한 것이 없는 상황이라면 난 어디까지 그리고 얼마를 바랄 수 있지? 내가 이리도 열심히 일해 얻은 빈 호텔 방이라는 기회를 어떻게 써먹어야 하지? 나는 내가 원하는 것에서 나 자신밖에 보지 못하나? 그리고 다른 뭔가가 잘못됐을 때나 원하는 게 생기는 건가?

당신이 여기 없을 때면 간혹 당신이 문제의 핵심이 아니라고 여겨진다. 당신이 문제인 게 전혀 아닌 듯하다.

이건 다만 평범한 불행에 불과한 것인지도 모르겠다.

9
호텔 막스

> 이것을 비유적으로 표현하면 다음과 같다.
> 낮의 사고가 꿈에 대해 기업가의 역할을 하는 것은
> 충분히 가능한 일이다. 그러나 흔히 말하듯 기업가에게
> 아이디어와 아이디어를 행동으로 옮길 열정만 있을 뿐
> 자본이 없는 이상 그는 아무것도 할 수 없다.
> 그에게는 비용을 대는 자본가가 필요하다.
> 심리적 비용을 부담하는 이 자본가가
> 바로…… 무의식에서 비롯된 욕망이다.
> 지그문트 프로이트, 「도라, 히스테리 사례 분석의 단편」

출 연 진 **프로이트** 정신분석가
도라 십대 소녀
크링겔라인 사무원
그루신스카야(가르보) 스타
라울 바네겜 철학자

1

나는 의사를 찾아가 내 증상을 설명했다.

의사 왈, "우울한 게 아니라 억압됐네요".

하지만 어쨌건 이 의사는 심리 치료사가 아니니까.

같이 옛날 영화를 보곤 했다, 당신과 나는. 그건 우리가 절대 놓치지 않고 하는 일 중 하나였다. 우리 눈앞에 펼쳐져 있는 상황이—이걸 현실과 같다고 볼 수는 없을 터였으니—

어딘가 잘못됐다 싶을 때면 우리는 영화를 봤다. 우리가 보는 영화들이 옛날 영화라는 사실도 도움이 됐다. 지나간 것이라면 무엇이 됐건 현재의 것보다 나았다. 이 영화들은 줄곧 반복 상영되었으며 언제고 무료였다. 우리는 아무 때고, 아무 '때 아닌' 때고 이 영화들을 찾아 틀 수 있었으며 하얗게 빛나는 한낮의 와중에도 연달아 관람할 수 있었다. 영화 속으로 더 깊이 물러 들어갈수록 우리는 영화 속 사건 사물에게로 더 바짝 다가갔으며 급기야는 그 속에서 우리를 알아볼 수 있었거나 그러하다고 여겼다. 사람들이 호텔에 살던 시절과 장소를 배경으로 한 영화를 우리는 봤는데 그 중 상당수는 집보다는 호텔에 관한 영화이기도 했다. 호텔은 애초 세트처럼 생긴 덕에 방음 스튜디오 안에서 쉽사리 재현해 낼 수 있다. 호텔은 꿈이고, 그런 만큼 현실의 실망 요인들을 기피해야 마땅하지만 동시에 물리적인 것을, 욕망의 가재를 제공할 기업가를 요구한다. 또한 호텔은 인적 재료와 비인적 재료로 구성된다.

호텔 세계에서 홀로 보내는 저녁. 식용 이외의 것들을 담은 룸서비스 메뉴에서 호텔 내에서만 볼 수 있는 봉인된 채널 목록을 확인한다. 나는 제각각인 우리 기분을, 그러니까 호텔과 내 기분을 동시에 달래 줄 성싶은 눈요깃감을 찾는다. 가장 큰 분류는 '판타지와 모험'으로 사탕처럼 알록달록하다. 여기선 무얼 하건 상관이 없다. 또한 비디오 게임도 있다. 이 호텔은 놀기 좋아하는 플레이보이보다도 놀이하기 좋아하는 소년을 위한 곳이다. 나는 호텔 영화를 찾아본다. 'hotel'이라는 단어를 입력했을 때 결과가 무슨 언어로 나올지는 짐작할 수 없다. hotel은 지구 어디에서나 통용되는 단어이므로. 난 「그랜드 호텔」(에드먼드 굴딩, 1932년)을 찾는다. 이미 본 영화다. 흑백 영상이 내 객실의 테마와 딱 맞아떨어지긴 한다만 저 그랜드 호텔은 내가 방문해 본 어떤 호텔과도 닮지 않았다. 영화를 여는 오프닝 숏에서 카메라는 호텔의 둥근 내부를 위에서 아래로 내려다보며 구심점인 프런트 데스크로부터 점차 그 주변으로 이동해 나가는데, 나 또한 서성거린 바 있는 외로운 로비를 다수의 투숙객이 분주히 오가는 중이다. 그 붐비는 로비의 와중에서 곧 죽게 생긴 사무원 크링겔라인(라이어널 배리모어)이 공중전화 수화기에 대고 주변의 소란에 맞서 지극히 사적인 내용의 말들을 목청 돋아 내지르고 있다. "살 날이 얼마 안 남았대!" 호텔 바와 무도회장이라면 시내에서 사람들이 가장 많이 찾는 장소일 법도 한데, 그런데도 그레타 가르보는 "혼자 있고 싶어" 호텔에 갔다.

"욕실이 딸린 개인실로 주세요!" 마지막 한 푼을 탕진하러 그랜드 호텔을 찾은 크링겔라인이 요청한다. 조금 더 근사한 객실을 요구한 끝에 그는 특권이란 오 층 높이의 뚝 떨어진 외로움에 다름 아님을 발견한다. 그러나 이 호사로운 고립의 와중에도 사생활은 줄곧 침해된다. 타자수인 플렘셴(조언 크로퍼드)이 욕실에 있던 제 고용인 프라이싱(월리스 비어리)을 놀래는 곳이요, 보석 도둑 겸 남작(존 배리모어)이 발코니를 넘나들며 손쉬운 표적을 찾아 창을 기웃거리는 곳이 오 층이다. 혼자 있고 싶어요!

프라이버시는 그랜드 호텔의 가장 값비싼 호사이나, 시중을 받기 위해서는 신원을 공개해야 함을 어쩌랴. 수이트 객실에서 지내는 그루신스카야(그레타 가르보)의 짐 가방에서 드레스가 쏟아져 나온다. 모든 게 훤히 드러나지만 정작 손에 쥘 만한 것은 없다. 방 안에 놓인 가구들의 흐릿한 공단 겉감 위로 시선이 미끄러질 따름이다. 어딜 보아도 흰색 일색이다. 그루신스카야의 드레스와 침대보, 고혹적인 몸, 진주 목걸이 모두. 그러나 그는 한시도 혼자 남겨지지 않는 유일한 인물이다. 잠들어 있을 때조차 하인의 응시를 받는 그는 관객 앞에서만 존재한다. 그랜드 호텔에 프라이버시란 없다.

이 영화는 '포르트망토'portmanteau 구성으로 되어 있다. 다시 말해 서로 연관됐으면서도 별개인 이야기들로 안을 채운 여행 가방이다.◊ 이 이야기들은 또한 단절된 사람들의 이야기다. 「그랜드 호텔」에는 결혼한 인물이 없거나, 있다 해도 그 부인 혹은 남편이 옆에 없거나 아니면 독일 하숙에서처럼 그 이들을 피해 호텔에 와 있다. 결혼에 관해서라면 할 이야기가 없거나 그런 이야기는 하기가 너무 까다로운 것인지도 모르겠다. 가족은 사적인 영역에 속하기에 집에, 굳게 닫힌 현관문 뒤에 남겨 두어야 한다. 매독 병력과 마찬가지로, 히스테리 사례와 마찬가지로. 단절은 호텔 특유의 비극이며 또한 그만의 기회이기도 하다. 이곳에 묵고 있는 투숙객 중에는 호텔 내 다른 사람들의 고충을 납득하는 이가 한 명도 없다. 그리하여 수시로 실수가 빚어지며—정체를 혹은 말뜻을 오해한 터에—그 덕에 이야기가 발생하고 전개되는 것이 가능해지지만 이런 이야기란 농담의 성질을 띠기 마련이다. 즉 의미를

◊ 포르트망토는 짐칸이 둘로 나뉜 (옷) 가방을 이르는 옛말로 두 가지 성질을 겸비한 것, 혹은 두 가지 이상 단어의 음과 의미를 합쳐 만든 혼성어를 뜻한다.

비껴간다. 사생활이 보장되지 않는 곳에는 연결의 가능성 또한 없다.

사실상 이 영화 전체가, 무슨 이유에선지, 연결에 실패한다. 그러기엔 스타가 너무 많이 등장하며 제각기 다른 스타일과 장르를 연기하고 있다. 게다가 할리우드 영화이되 생뚱맞게도 베를린을 배경으로 삼고 있으며 정작 촬영지는 캘리포니아고, 더욱이 아직 명실상부한 유성영화 시대로 접어들었다고 하기 애매한 시기에 방음 스튜디오에서 촬영이 이루어졌다. 등장인물 모두가 영어로 말하기는 하나 그 중 적잖은 수가 꾸며낸 (혹은 진짜) 유럽 억양을 쓴다. 가르보는 스웨덴 억양으로 영어를 하는 러시아인을 연기하고, 독일인 배역을 맡은 비어리가 역시나 독일 사람으로 분한 크로퍼드에게 중유럽인 말투로 이야기하면 크로퍼드는 명백한 미국인 음성으로 답한다. 게다가 배우들의 연기도 제각각이다. 라이어널 배리모어는 일거수일투족이 극적이고 과장됐는데, 하기야 애초에 맡은 인물이 그런 인물이니—무성영화 문법에 사로잡혀 화면에 담기 벅찰 정도로 과도한 몸짓을 선보이는 취객 역—퍼포먼스와 배역 간에 선을 긋기가 불가능하긴 하다. 한편 조언 크로퍼드는 가르보와 달리 무성영화의 스타였던 적이 없는 만큼 연기가 섬세하며 몸짓은 자제돼 있고 대사가 많다. 존 배리모어(남작 역)는 무난하니 잘생긴 외모로 인기몰이를 하는 배우인 반면 월리스 비어리(프라이싱 역)는 거만하고 따분하기 짝이 없는 인물을 맡았을지언정 절제되고도 자연스런 연기를 보여 준다. 발레 무용수 그루신스카야 역의 가르보는 외모상 딱히 발레리나답지 않으며 그가 춤을 추는 모습도 영화 내내 한 번 볼 수 없다만, 그런 건 하등 중요치 않다. 무대에서 그는 "타고난" 무용수이지만, 그가 관객을 진정으로 감동시키는 공연을 선보이는 때는 "진짜", 즉 사랑에서 영감을 받았을 때뿐이라고 영화가 우리에게 일러 주고 있으니까. 무대 밖에서는 자신이 순전 퍼포먼스에 불과하다는 것을 정작 그는 알지 못한다.

그루신스카야

오늘 밤은 무대에 못 서겠어.

하지만 결국 그는 무대에 선다. 언제나 그는 무대에 선다.

"당신, 내가 예상했던 것과 전혀 다르군." 플렘셴이 성적 대상 역할을 수행해 보이는 모양새가 타자수 역할을 해 보일 때만큼이나 의례적임을 깨닫고서 프라이싱은 이렇게 말한다. 플렘셴은 속기사이면서 "미술 수업"을 위해 모델을 서기도 하는 종잡을 수 없이 모호한 인물이자, 이 영화에 등장하는 성적인 농담과 중의적인 대사의 주된 대상이다. 또한 수시로 매춘부로 오인받는데, 하기야 줄곧 제 값어치를 우리에게 말하고 듣고 있기는 하다(잡지 센터폴드 화보에 실린 일을 얘기하면서는 "그걸로 십 마르크 받았어요"라고 한다). 크링겔라인과 동일한 사회 계층 출신인 그 역시 "푼돈" 벌이로 먹고 산다. 호텔 숙박비를 계산하기 위해서는 투숙객 모두가 일정량의 동전푼을 벌어도 하나, 난 푼돈을 벌면서도 일하고 있는 것이 아닌 척 시늉해야 한다. 여가 산업은 공장 현장에 다름 아니다. 호텔의 분당 요금은 얼마인가? 호텔에서 계산서를 받아든 사람의 허를 찌르는 건 부가 서비스다. 때에 따라 그건 조식일 수도, 와이파이일 수도 있다. 혹간은 내가 즐기고 있는지조차 몰랐던 것일 수도 있다.

크링겔라인

(로비 전화기에 대고)

일 분에 이 마르크 구십이야…….

나도 자세히 설명하곤 싶지만

요금이 하도 비싸서 서둘러야 해.

플렘셴은 본업인 타자수 일을 즐기는 걸까? 그리 보이지는 않는다. 그럼 제 고용인들과 한층 내밀한 관계를 맺도록 이끄는 '호텔' 부업에 따른 혜택은? 우리가 바라던 정도까지는 아니다. 그래도 그는 즐기는 것처럼 내비쳐야 한다, 그 혜택들을 애초에 확보하려거든. 서비스 그리고 미소, 이게 곧 호텔 산업이다. 예쁘장한 처자라도 값만 치르면 수이트 객실처럼 하룻밤 사는 것이 가능하다고 역설하는 플렘셴의 모호함이야말로 호텔이 지닌 매혹의 골자로, 호텔에서 저희가 그를 비공식적으로 고용하고 있음을 끝까지 부인한대도 이 사실은 변하지 않는다. 여타 등장인물과 다를 바 없이 플렘셴 또한 자신과 다른 모습을 연기해야 하는 것이 아니라 자기 자신을 연기해 보여야 한다.

이러한 겉보기 놀이를 플렘셴은 그 누구보다 잘 간파하고 있기에, 등장인물 중에서는 유일하게 이를 관대한 행위로 전환할 줄 안다. "저 나이 든 양반 크링겔라인과 춤춰 주시오."

남작이 말한다. 그리고 플렘센은 미소 지으며 응한다, 그가 춤추고 싶어 하는 상대가 자기 자신이라는 걸 남작도 알고 있음에도. 잔인하기는! 어찌나 쉽게 남작은 플렘센의 호텔 배역을 인정해 버리는지. 그 순간부로 플렘센은 다른 이의 눈에 비친 모습대로 제 모습을 알아보게 된다. 프로이트가 열차 화장실에 달린 거울을 보고 그랬듯이. 액면가 그대로, 즉 호텔에서 따라붙는 값어치로 저 자신을 받아들인 플렘센은(진료실을 나선 공간에서는 프로이트조차 나이 든 양반의 모습으로 제 눈에 비추어졌듯이) 프라이싱이 제안한 저 매혹의 땅 맨체스터 여행을 수락하러 위층으로 향한다. 바로 그 순간에 그는 영원토록 복도와 로비를 맴돌도록 운명 지어진 호텔 직원들과 같은 처지가 되는데, 그럼에도 그의 지위는 모호하다. 여전히 시중드는 계층에는 들지 않는다.

"당신 진짜 정체가 뭔데요?" 가르보가 배리모어 남작에게 묻는다. 질문할 필요도 없다, 우리는 이미 알고 있으니까. 「그랜드 호텔」은 기라성을 내건 영화로 각 배우마다 제 특기를 내세운 연기를 선보인다. "'진짜' 따위는 없어요." 배리모어 남작이 자기를 거부하고 가르보를 선택하자 크로퍼드/플렘센은 반 진담으로 이렇게 말한다. 적어도 플렘센 입장에서는 없는 척해야 한다. 그이 삶이 (혹은 생계가) 전적으로 그러한 전제에 기초해 있으므로.

"한번 원껏 살아 볼 거요!" 죽어 가는 크링겔라인이 본인이 그랜드 호텔에 살게 되는 일은 끝내 없으리라는 사실을 미처 자각하지 못한 채 허풍을 떤다. 호텔에서 사는 것은 고된 일이다. 여가란 일의 반대가 아니라 일에 상응하는 상태이자 중

노동이고, 이 영화만큼 일을 자주 언급하는 영화도 없다. 사무원인 크링겔라인은 모든 것의 가격을 알며 그를 밝히길 두려워하지 않는다. 이에는 일종의 순진한 무례함이 곁따른다. 플렘센에게 "내 욕실 한번 보시겠어요?"라고 물은 것도 문란한 의도에서가 아니라 순전히 본인이 그 규모와 양식에 감명받았기 때문이다.

요즘 들어서는 누구나 다 일에 중독돼 살며 휴가를 가서도 다를 건 없다. 결국은 어딘가에 균열이 오기 마련이다.

나는 호텔에서 살아 본 적이 없다. 호텔은 언제나 일에 해당했다.

2

오늘날에는 호텔에서 살 수가 없다. 이는 경제적으로 불가능한 일이다. 과거 한때는 「그랜드 호텔」에 등장하는 유의 호텔은 아닐지언정 여하간 호텔에서 생활하는 사람도 있었다. 호텔에 사는 이들은 주로 여자였으며 대개는 남자 없는 여자였다. 캐서린 맨스필드의 작품 속 여주인공들이 그러했으며, 악역을 맡은 인물들도 남편을 달리 두고(맨스필드의 악역들은 대개 결혼했기에) 호텔에서 살았다. 이 호텔들은 싱글 객실에서 지내는 싱글 여성을 위한 호텔, 곧 처녀들과 E. M. 포스터의 『전망 좋은 방』에 나오는 샬럿 바틀릿 같은 노처녀들을 위한 곳이었다(그 소설에서 바틀릿은 호텔을 배경으로 하지 않고는 거의 존재하지도 않는다). 호텔은 이러한 여자들이 시중을 받을 수 있는 유일한 장소요 이들을 시중들 사람이 있는 유일한 곳이었다. 이들이 유일하게 공적으로 존재하는 장소가 곧 호텔이었다.

요즘의 호텔은 커플에게는 커플을 위한 곳이자 그들이 가족 내에서 맡은 배역으로부터 잠시나마 벗어나도록 해 주는 탈출구이며 또한 싱글인 사람들을 위한 곳이기도 하나 이는 주로 업무를 위한 숙박 시설로서의 활용에 해당한다 봐야 하는데, 그럼에도 이들은 더블 침대의 절반에 달하는 빈 공간에 대한 비용을 지불해야 한다(그 중에야 물론 그 빈 공간을 채울 기회를 얻고자 기꺼이 숙박비를 지불하는 이들도 있을 테다). 호텔은 또한 커플들이 가장 불편해 보이는 장소이기도 하다. 커플들은 호텔에 갔다가 서로의 간극을 발견한다. 난데없이 각자의 가치를 연기해 보여야 하는 이 공적 장에서 이들은 달라진다. 또한 간혹가다 저희 중 한 사람이 더 가치가 있다는 사실을 발견하기도 하는데, 그렇든 아니든 여자인 쪽에서는 언제고 제 값어치를 공공연히 드러내야 한다. 남자의 값어치는 대개 숨어 있기 마련이나 어림이 가능하기는 하니, 이는 그와 동행한 여자를 바라봄으로써 일부분 가늠된다.

때때로 당신은 업무차 호텔에 갔다. 당신이 가던 호텔들은, 정작 당신은 여가 시간만을 호텔에서 보내고 실제 비즈니스는 호텔 이외의 장소에서 보았음에도, 비즈니스 호텔이라고 불리는 곳들이었다. 내가 업무를 목적으로 가던 호텔들은 여가를 위한 호텔이라 불렸다. 호텔 리뷰어로서 나는 간간이 당신을 이러한 레저 호텔에 데려갔으니, 도무지 몸에 안맞춤하게 맞은 적이 없었다. 거기서 우리는 어떤 종류의 결혼 생활을 연기해 보였던 걸까?

레저 호텔에서 당신은 남자 된 연기를, 커플의 일부인 연기를 해 보여야 했다. 이러한 연기를 당신이 즐기지 않았던 관계로 당신의 호텔 방문은 대체로 즐겁지 않았고, 테이블 건너편 내 얼굴에는 내가 당신 얼굴에서도 거울 보듯 읽어 낼 수 있는 표정, 이 사이에 음식물이 꼈을 때와 같은 그 손쓸 길 없다는 듯한 표정이 져 있었다.

"괜찮아?" 내가 물었다. 당신 왈,

"슬퍼, 노상 이동 중인 내 처지가".

나로선 유일하게 행복할 수 있는 장소인데.

우리가 함께할 엄두도 못 낸 그 많은 것들.

3

나는 다시 전정에, 현관 들목에 와 있다. 영화 「그랜드 호텔」에서 유일하게 호텔 직원을 볼 수 있는 장소가 현관 로비다.

바네겜

교환이라는 부르주아의 무인 지대

내 손엔 라울 바네겜의 『일상생활의 혁명』*Traité de savoir-vivre à l'usage des jeunes générations*이 들려 있다.

로비는 교환이—은밀히—이루어지는 곳이다. 나는 호텔을 떠나는 길이다(떠나서 어디로 가려고?). 나는 돈을, 은밀히, 내지 않는다. 내가 이 모든 걸 공짜로 얻기라도 한 양 다른 사람들 눈에 겉보기로라도 비치고 싶지 않기에.

(난 낯부끄러운 괄호의 방벽을 몸 주위에 두른다.)

바네겜
움직이는 것 하나 없이
오로지 죽은 시간만이 경과한다.

호텔에서 나는 병원에서와 마찬가지로 편치가 않다. 집이 아니기에 그러하다. 난 집일을 하지 않을 것을 요구받는다. 요리며 구두닦이와 같은 평범한 일들이 날 위해 대행된다. 나는 무력해진다. 나는 나 자신을 무력화했다. 평소 다른 사람 대하듯이 나 자신을 대한다. 이건, 아마도, 자기-타자화의 일종일 테지. 호텔에서 나는 언제고 무엇이든 가질 수 있되 내가 원하거나 필요로 하는 것은 아무것도 가질 수가 없다. 호텔은 내가 욕망을 지닌 사람이 되게끔 훈육받는 곳, 그러니까 호텔이 제공하는 것에 부합하는 욕망을 호텔이 제시하는 조건하에 지닌 이가 되도록 가르침받는 곳이다. 다시 말해 곧 호텔 사람이 되는 곳이다. 드디어 난 다른 사람이 되었다. 그런데 나를 알아보질 못하겠다. 열차 객실에서 프로이트가 경험했듯이, 여기 거울 한쪽에 내가 있고 그 반대편에도 (똑같지만 다른 모습으로) 내가 있다. "안녕." 호텔에서 나는 줄곧 재귀동사를 찾게 된다. 이것도 내가 나를 시중드는 한 예려나?

시중들고자 하는 이 욕망. 이건 자기 희생이라고 봐야 하나, 아니면 제 잇속 챙기는 사기 본위인가? 내가 나를 시중드는 소위 셀프서비스가 가능한 호텔들도 존재한다. 신용카드만 문에 넣으면 끝, 당신보다 아랫단에 있는 사람과는 절대 마주칠 일이 없다. 그야말로 격리 병동이지. 내 취향은 아니다. 호텔에 있을 때 나는 투숙객이건 직원이건 누군가 다른 사람의 권위가 존재해야만 마음을 놓는다. 그렇다면 그 이면은, 시중살이하는 접대원, 즉 '서버'(가재도구에 붙이기에 안성맞춤인 이름 아닌가)들은 어떠한가? 시중은 강단이 있는 단어다. 사물을 그 안에 집어넣는 것이 가능하고 그로부터 다시 꺼낼 수도 있는 그런 단어다. 어느 사물이고, 더 나아가 어느 사람이고 당분간의 방편으로서 시중살이하는 입장에 놓일 수 있다, 아니 그 역할을 떠맡게 될 수 있다. 이는 호텔에도 집에서와 동일하게 적용되는데 다만 호텔에서는 그 과정이 훨씬 수월하기는 하다. 적어도 호텔에서는 팁을 건네 접대원을 사라지게 만들 수 있으니까, 팁을 건네는 그 순간이 제아무리 거북할지언정.

「그랜드 호텔」에 등장하는 이야기 중에 호텔 직원들을 소재로 한 이야기는 놀라울 만치 적다. 대표 격인 센프(진 허숄트)를 제외하고는 서버들은 기꺼이 유령으로 남고자 한다. 등장인물 중에서 센프는 썩 잘 살린 인물이 아니기도 하거니와 로비 밖으로는 호텔 내부로건 외부로건 좀처럼 발을 내미는 일이 없다. 그저 프런트 데스크 한편의 전화 교환대만 죽돌이처럼 지키고 서 있을 따름인데, 혼선을 주제로 한 이 영화에서 전화 교환대란 센프에 버금가는 비중을 차지하는 명실상부한 등장인물에 해당한다고 할 수 있을 터다. 유령 짐꾼 센프가 경계를 넘는 것을 우리는 딱 한 번 목격하게 되는데, 다름 아닌 오프닝 숏에서 그는 호텔 교환대를 통해 임신한 제처의 상태를 문의하려 병원에 전화를 넣는다. 삶은 호텔 밖에서 일어난다(사람들이 태어나는 것도 호텔 밖이다). 이는 셰프에게 유독 들어맞는 사실로 그에 얽힌 이야기는 영화 줄거리의 어느 가닥과도 혼선되는 적이 없다. 투숙객들과 맺는 관계도 순전히 직업적인 영역에 머물뿐더러 겉모습에 잘 속는 성향 역시 직무상 요긴하다. "믿을 수 없어!" 남작이 도둑이라는 사실이 밝혀지자 셰프는 이렇게 말한다. "난 사람 보는 눈이 귀신 같은걸. 사람 하나는 안다고, 내가."

나는 내게 유리한 것을 아는 게 아닐까? 나를 시중드는 것의 정체를 내가 안다고 할 수 있나? 그건 내가 시중들고 있는 대상과 동일한 것은 아니려나?

조끼를 벗은 웨이터는 어떤 모습이려나? 옆 주머니보다 조금 더 길쭉하고 가로로 비스듬한 모양의 일명 티켓 포켓이 여럿 달린 저 검정색 조끼를 벗거든? 펭귄이 옷을 벗은 것처럼 보이려나? 복부 위로 주머니들이 납작 눕는다. 그 안에 웨이터들은 잔돈부터 소액권과 고액권까지 다 지니고 다니지만 정작 저들이 주머니에서 무얼 꺼낼는지 그 생김새는 좀처럼 짐작할 길이 없고, 다만 저들 옆구리에 작은 홈이 여러 개 나 있고 그 홈들이 갈비뼈처럼 정렬돼 있다는 사실을, 그리고 그 안에서 실로 놀라운 것들을 꺼내고 또한 안으로 집어넣을 수 있다는 것을 알 수 있다 뿐이다. 투과성은 비천함의 특징이다. 비체abject란 시중들기에 적합하도록 만들어진 인간이다. 비체는 병원에서 치료할 수 없는 것, 어쩌면 클리닉에서도 치료할 수 없는 것이다. 구멍들에도 불구하고 계속 존재하겠다고 고집하는 것이다. 저도 사람인 양 계속하는 것, 자기 본위인 척, 투과된 적 없는 척, 온전한 전체인 척하는 것이다. 비체는 또한 비체로 머물기를 우리가 요하는 것, 우리를 계속해 시중들 수 있게끔 계속 존재하기를 우리가 욕망하는 것이자 우리가 내쫓고 매수하는 것이요, 딱히 온전한 인간으로 받아들일 필요가 없는 것이다. 위에 무슨 유니폼을 입혀 놓았든 간에 말이다.

비체는 말 그대로 '내쳐진 상태'를 의미한다.

도라는 상담을 관두기 열나흘 전에 프로이트에게 미리 통보했다.

프로이트에게 그간의 서비스에 대한 값을 지불하고 또한 마지막을 통보한 것도 그였다.

프로이트

그러니까 꼭 시중드는 여자나 가정교사 같군요.

하지만 프로이트는 이 시나리오에서 누가 시중드는 쪽에 해당하며 누가 시중받는 쪽에 해당하는지는 밝히지 않았다.

도라는 프로이트를 끝내 내쳤다. 도라는 모두 내쳤다, 가족도, 친구도. 그러고는 혼자서 어쩌면 호텔이었을는지도 모를 곳에 가 머물렀다. 본인이 청결할 수 있는 곳, 호텔 욕실만큼이나 청결할 수 있는 곳으로 갔다. 그녀는 학업에 열중했고 결혼할 마음은 갖고 있지 않았다. 그는 더 이상 불결하지 않았고 더 이상 이용될 필요가 없었다. 더 이상 비체가 아니었으며 남의 손에 내맡기지도 않았다……. 외로웠을지도 모르겠다. 어쩌면 도라가 배우들을 고용하기를 거부한 이후로는, 그 무엇도, 심지어는 단어조차도 더는 '장면'으로서 구현되고 지면을 넘어 발휘되는 일이 없었는지도 모르겠다. 급기야는 "삶의 품으로 그녀가 되돌아가리라"고, 정확히는 삶이 그를 다시 "이겨 얻어 낼" 거라고 프로이트는 말했다. 삶이 이긴 뒤로 우리는 도라 본인으로부터 더는 소식을 듣지 못한다. 그렇다면 도라가 진 것이라고 봐야 하나?

나는 떠날 수 있다. 아무도 날 막지 않는다. 그래서 어렵다. 내가 무얼 하건 막을 사람이 없다. 그런데 방해물 하나 없다는 것은 너무나 어려운 일이다.

나는 시중들고 시중받으리라는 희망 없이 사는 법을 배워야 한다.

희망 없이 사는 법을 배워야 한다.

(이건 얼핏 들리는 것만큼 희망 없는 일이 아니다.)

4

「그랜드 호텔」 마지막에 가면 의사(루이스 스톤)가 호텔에서는 "아무 일도 일어나지 않는다"고 주장하는데—의사는 호텔 경비는 아니어도 「룸서비스」에서와 마찬가지로 일종의 도덕 경찰 역을 한다—이 나이 든 냉소가는 여기서 번지수를 한참 잘못 짚은 것이다. 그리고 그가 틀렸다는 것을 관객인 우리가 바로 알아차리게끔 하려는 게 이 사건 사고 넘치는 영화의 의도이기도 하지만, 다만 그로써 이렇다 할 결과가 빚어지리라고 착각하게 만드는 건 영화가 빚어내는 허상이다.

「그랜드 호텔」은 허상과 눈속임, 모방에 관한 영화며 이에는 영화 속 이야기들에 결말이 따른다는 허상 또한 포함된다.

영화는 결말로 시작한다. 죽어 가는 사무원 크링겔라인, 무용 인생의 황혼기에 접어든 그루신스카야, 돈에 쪼들리는 (존) 배리모어 남작, 막장에 이른 회사를 거덜내겠다고 술을 더 대령해 오라고 외치는 비어리 프라이싱. "이제 끝이야." 가르보/그루신스카야는 말한다. "때가 되면 순순히 떠나겠다고 내 입으로 늘 말했잖아." 하지만 그는 순순히 떠나지 않는다. 그랜드 호텔에서는 누구도 순순히 떠나지 못한다. 모두가 계속하고 계속되며 예전에 하던 대로 되풀이할 뿐이다. 그루신스카야는 무용으로 돌아가고 프라이싱은 허언으로 회사를 붙들며, 크링겔라인은 기력이 쇠진한 가운데도 영화 마지막 장면에서 호텔의 판유리 회전문—호텔에서 시작한 이 양식은 점차 이주해 이제는 사무실 건물에서 더 흔히 볼 수 있게 됐다—밖으로 팽이처럼 튕겨 나가니, 플렘셴을 옆구리에 끼고 그새 남작의 죽음일랑 까맣게 잊은 듯이 다음 그랜드 호텔에서 펼쳐 보일 연기에 대한 결의를 다지는 그는, 적어도 겉보기에는, 활기가 넘친다.

크링겔라인은 치료책을 찾아낸 건지도 모르겠다. 그는 애초에 아프지도 않았던 것으로 보인다.

10
호텔 스물여섯 곳에서 보낸 엽서

로마라, 우리가 노란 개를 봤던 곳이
로마가 아니었나 싶은데.

E. M. 포스터, 『전망 좋은 방』

호텔 A

각 층과 층 사이 계단참에 벽감이 나 있고 한때 살아 있던 여자를 재현한 작품이 그 안에 놓여 있는데, 이 역시 한때 살았던 예술가들의 양식을 따르고는 있으나 그들 손으로 그려지지는 않은 그림이거니와 정작 그림 속 여자가 자리한 와중에 그려지지도 않았으니 이 여자는 몇 세기 전에 죽은 바 있다.

호텔 B

엘리베이터 통로 안에, 건물 외벽 그래피티로 이름난 예술가가 남긴 뼈대 앙상한 스텐실 윤곽들이 있다.

호텔 C

레스토랑 천장을 칠판 페인트로 도색했다. 그 위에 단어들이 적혀 있다. 닭고기는 너무 짰다.

호텔 D

이곳에 묵은 이들 중에는 모 대통령과 유명한 영화감독도 있다. 나는 예기치 못하게 침대보에 피를 흘렸고, 샤워기로 이불을 빨아 전기 헤어드라이어로 말렸다. 버섯이 너무 짰다.

호텔 E

점심 시간에 텅 빈 레스토랑에서 이리도 푸짐한 정찬을 먹자니 부끄럽다. 원형의 지하 수영장에서 혼자 수영하자니 부끄럽다.

호텔 F

지하 레스토랑에서 우리는 스카치 에그를 접대받았다. 세련된 요리로 둔갑했고 익은 정도도 완벽했다만 그래도 그렇지…….

호텔 G

부활절 당일에는 완숙으로 삶아 빨간색 또는 파란색 페인트에 담갔다 꺼낸 달걀이 조식에 나왔다.

호텔 H

폭풍우가 몰아닥쳤던 곳, 그리고 녹초가 되어 룸서비스를 부르자 짚이 심지처럼 들어간 치즈를 잘라 트롤리에 올려 가져왔던 곳.

호텔 I

홈메이드 파스타를 마저 비우지 못하는 나를 보고 못마땅해하던 웨이터와 마주칠까 봐 매일 밤 마련되는 (수준급) 정찬을 즐기러 가기가 두려웠던 곳.

호텔 J

호텔 밖의 그래피티는 기억나는데 정작 호텔에 대한 기억은 하나도 없다.

호텔 K

내 딜럭스 객실은 '오렌지'색이었다.

호텔 L

여기 묵었던 기억이 아예 없다. 내가 아닌 다른 리뷰어가 맡았던 건지도. 그런데 품평 스타일로만 봐서는 내 문체와 전혀 구분되지 않는다.

호텔 M

굽도리에 금이 가 있었다. 섹스를 하던 중에 호텔 지배인이 앞서 일러 준 대로 창밖 멀찌감치 에펠탑이 보이는 것을 내 눈으로 확인했다.

호텔 N

엘리베이터 통로가 밤새 그르렁댔다. 와이파이 신호를 잡는다고 노트북을 창틀에 올려두었다. 방이 작고 마음에 차지 않았다. 타르타르 스테이크는 맛있었으나 방값에 포함돼 있지 않았다.

호텔 O

비싼 곳이었지만 진정 끔찍했다.

호텔 P

욕조에서 온수가 나오지 않았다. 너무 피곤했던 나머지 상황을 이해할 수도, 불평을 호소할 수도 없었다.

호텔 Q

여기서도 앓아누웠다. 추가 비용이 따르는지 알 길이 없었기에 조식 뷔페는 건너뛰고 친구와 카페에 갔다.

호텔 R

이 호텔에서는 친구의 남편이 내게 술을 먹이고는 침대로 끌어들이려 했다. 워낙 옛날 일이다(아니, 어릴 때 일인가?). 그가 구닥다리 수작을 부리고 있다는 걸 제대로 알아채지조차 못했던 시절이었다.

호텔 S

밖은 너무 덥고 안은 너무 추웠다. 엘비스 프레슬리가 엘리베이터에서 노래했다. 매번 같은 노래였다.

호텔 T

호텔에 도착하자마자 안감을 댄 중국식 다기 바구니에 든 차와 함께 작은 케이크류를 가져다주었다. 내 평생 그렇게 고마웠던 적이 없다.

호텔 U

갈색이었다. 지붕창이 닫히질 않았다. 길 건너편 클럽에서 들려오는 소음 탓에 밤을 꼬박 샜다.

호텔 V

객실은 육 층에 있는 다락방이었다. 화재 시 대피 요령을 알리는 글은 희망 사항에 불과했다.

호텔 W

웅장한 그랜드급이었으나 몹시도 추했다. 게다가 프런트 데스크가 이 층에 위치해 있었다.

호텔 X

라운지에 달린 구리 문짝에는 어느 혁명의 와중에 발사됐다는 총알 구멍이 숭숭 뚫려 있었다.

호텔 Y

다른 몇몇 호텔에서와 마찬가지로 이곳에서도 술에 취했다.

호텔 Z

펍 위에 있는 호텔이었다. 날고기와 익은 감자를 먹었다. 호텔이라면 이제 물린다.

감사의 말

앞서 원고를 읽어 준 이사벨라 스트레펜, 트리스트럼 버크, 존 토비 페리스, 리처드 바넷, 샤론 키블랜드에게, 그리고 내 변함없는 첫 독자인 로런 엘킨에게 감사를 표한다. 독일 하숙으로 날 이끌어 준 데버라 리비에게 감사드린다. 또한 내 제안서를 후원해 준 브라이언 딜런과 올리비아 랭에 더불어 데버라에게 다시 감사의 말을 전한다.

호텔 에세이

이예원

마이클 커닝햄이 쓰고 정명진이 옮긴 소설 『세월』*The Hours*에서 한 여성이 호텔을 찾는다. 아내이자 엄마, 가정주부로서 집에 묶여 보내는 나날, 그 무게에 질식할 것 같은 그는 집 밖에서 찾은 이 임시적인 공간에서 버지니아 울프의 『댈러웨이 부인』*Mrs Dalloway*을 읽는다. "호텔로 들어감으로써 자신의 삶에서 도망 나온 것 같다."

국내에 아직 소개되지 않은 데버라 리비의 소설 『핫 밀크』*Hot Milk*에서는 한 모녀가 모친의 고질병을 치료해 줄 의사를 찾아 바다 건너 스페인으로 옮겨 간다. 이 고질병은 집안 병이자 모녀 병이기도 하다. **프로이트: 이 여자에게는 질병이 삶에서 스스로를 주장할 수 있는 유일한 무기가 된다.**[1]

어떤 여자들은 불평하기 위해 호텔에 간다. 어떤 여자들은 치료를 위해 호텔에 간다.

병원으로 갈 것인가 호텔로 갈 것인가. 안을 찾아 밖으로 가야만 하는 이들. 내 방을 찾아 밖으로 가야 하는 이들.

1 이 에세이의 본문(인용문 제외)에서 고딕 처리된 부분은 모두 조애나 월시의 『호텔』 인용문이다.

방 구함

호텔이 한때 부녀자 전용 하숙이랄까 기숙사 역할을 하던 시기도 있었다.

> 호텔은 이러한 여자들[싱글 여성, 처녀, 노처녀]이 시중을 받을 수 있는 유일한 장소요 이들을 시중들 사람이 있는 유일한 곳이었다. 이들이 유일하게 공적으로 존재하는 장소가 곧 호텔이었다. (조애나 월시, 『호텔』)

이때 호텔은 일종의 '청결-안전 지대'인 걸까? 일정한 테두리 안의 사회적 장으로서 허용된 여성 전용 공간? 밖이면서 안인 곳? 그러나 그 안이 집 안(곧 安)은 아닌 곳?

집에서 유일하게 도피할 수 있는 곳, 내부를(내장을) 지닌 존재로서 사생활을 보호받는 유일한 방이 욕실인 것처럼, 아예 물리적으로 떨어져 있는 뒷간인 것처럼?

주방에도 침실에도 서재에도 거실에도 스모킹 룸에도 내 내적 생활을 향유할 공간이 없을 때 우리는 호텔로 또 목욕탕으로 간다(혹은—사회가, 내 처지가 허용하는 범위 내에서—걷는다. 버지니아 울프가 런던 거리를 배회했듯이. 그러나 역사적으로 길에 선 여자는 길 여자라 불렸다).

> 물속에 몸을 담근 채 앉아서 주위를 둘러보면 시간도 계절도 나이도 실감나지 않았다. 세계는 작은 탕으로 축소되고 시간은 체온을 높이거나 낮출 때만 흐르는 것 같았다. 비현실적인

시공간의 어떤 틈에 앉아 있는 기분이었다. (서유미, 『틈』)

번민하는 중년 여자가 갈 곳은 많지 않다. (김성중, 「오전 열 시의 사우나, '그럼에도 불구하고'의 시간」, 『악스트』 13호)

여탕에서 우리는 조금 편안하고 조금 외롭다가 조금 허기지며 조금 홀가분하다. 집에서 자유롭고 여전히 집에 붙들려 있다. 시선을 신경 쓰지만 시선에서 놓인다. 집과 집 아닌 곳의 거리, 나와 나 아닌 것의 거리. "아주 가깝거나 적당한 거리에 떨어져 있는 사람들이 자연스럽게 어우러져 목욕할 수 있다"(『틈』).

그러나 때 목욕의 홀가분함으로도 끝내 번민을 완전히 떨치지 못하듯 잠재우기 어려운 초조함의 요소가 있으니 이는 내 여자 됨이다.

여성이라는 범주에 언제나 붙어 다니는 더러움과 오염의 관념—그에 따라 여성은 더러운 여성과 깨끗한 여성으로 나누어진다—을 우리는 이런 관점에서 이해해야 한다. 여성은……그 자체로는 더럽지 않지만 제자리에서 벗어나면 더럽다고 여겨지는 게 아니다. 가부장제도 하에서 여성은 사회 안에 어떤 적법한 자리도 가지고 있지 않다. 여성은 단지 스스로를 비가시화한다는 조건으로, 물리적인 의미에서 사회 안에 머무르는 것을 허락받고 있을 뿐이다. 여성이 자신의 존재를 주장하면서 동등한 사람으로서 사회 안에 현상하려는 순간, 이 허락은 철회된다. 여성이 보이기 시작하자마자 사회는 여성이 잘못된 장소에 있다는 것, 정확히 말하면 잘못 인쇄된 글자처럼, 여성의 존재 자체가 잘못되어 있다는 것을 깨닫는다. 다시 말하면 여성은 장소를 더럽히는 존재로서만 사회 안에 현상할 수 있다. '깨끗한' 여성이란 보이지 않는 여성이다.
(김현경, 『사람, 장소, 환대』)

프로이트에 따르면 그이[도라 어머니]는 자기 청결을 유지하느라고 집을 청소한다.…… 그때나 지금이나 문제의 본질은 동일하다. 집 청소는 누가 할 것인가? 누가 더러워질 것인가?

목욕도 결국은 집일의 연장에 불과한 건가? 침대를 도로 물리고 이불을 새하얗게 유지하는 집일의 지움, 유령처럼 객실에 진입해 투숙의 흔적을 지우고 사라지는 호텔의 숨은 '하우스 키핑'처럼?

혹은 애초 호텔로 향하는 충동과 마찬가지로 지우고 다시 시작하겠다는 열망을 그 내부에 간직하고 있는 걸까.

그렇다면 목욕탕은 또한 드러내지 않고 드러내는 장소, 보이지 않게 "현상"하는 장소, 시험 삼아 "시위"하는 장소일 수 있으려나?[2] 잠재적으로라도 그 가능성을 타진해 보는 내가 있는 곳?

그래도 그녀는 삶을 끊을 수 있다는 사실을 깨닫게 되어 기쁘다. 가능한 모든 선택을 앞에 두고 있다는 사실에는, 그리고

2 "문자 그대로 시위示威란, 드러내는 것이다. 그리고 자기를 드러내는 그 행위는 타인과 함께임을 천명하는 것이기도 하다." 차미령, 「너머의 퀴어: 2010년대 한국소설과 규범적 성의 문제」, 『창작과 비평』 176호(2017년 여름).

> 아무런 두려움이나 교활함 없이 그대의 모든 선택들을 고려해 보는 행위에는 커다란 위안이 담겨 있다.…… 그것은 아마 호텔에 투숙하는 일만큼이나 단순할 수도 있어, 라고 그녀는 생각한다. (커닝햄, 정명진 옮김, 『세월』)

> 사우나를 해방구처럼 이용하는 또 다른 인물은 흡연자인 정희다.…… 정희는 '사우나 흡연실'이라는 완벽한 공간을 통해 몰래 흡연을 이어 나간다. (김성중, 「오전 열 시의 사우나, '그럼에도 불구하고'의 시간」)

연기가 나는 곳에는 화재도 있게 마련이다.

방 구함 2

> 조만간 난 '쇼핑하는 여자'A Woman Shopping란 제목의 길고 슬픈 책을 쓸 것이다. 이는 우리에게 요구되는 할 일들에 대한 책이자 우리가 행하고 그로써 혐오를 사는 일들에 대한 책이 될 것이다. 시기심에 관한 책이자 눈에 거의 보이지 않는 것들에 관한 책이 될 것이다. 또한 이 책은 문학의 역사를 다루는 책이자 문학이 여성에 반하여 사용돼 온 역사를, 또한 문학을 반대하고 또 옹호하는 수단으로, 그리고 쇼핑을 반대하고 또 옹호하는 수단으로 사용돼 온 역사를 다루는 책이 될 것이다. 산책자flâneur는 시인이요 지갑으로부터 자유로운 행위자지만, 어깨에 가방끈을 매거나 손에 클러치 백을 쥐지 않은 이상 여자는 여자가 아니다.

이 책의 뒤표지에 실릴 말은 이뿐이다: 지갑이 없는 여자가 있거든, 우리가 그 대신 지갑을 상상해 주리라. (앤 보이어, 「쇼핑하는 여자」, 『여성에 반하는 의복』*Garments Against Women*)

지갑이 있어야 여자가 되는 건지는 모르겠으나—프로이트: 가방은 보석 상자와 마찬가지로 비너스의 조개, 여성의 성기를 대변한다!—지갑이 없이 내 방을 장만하기는 불가능하다.

호텔에 가건 목욕탕에 가건 돈주머니는 필요하다(크세니아는 교환이었다). 당연히 장을 보러 가려도 돈주머니는 필요하다. 더욱이 쇼핑은 애초 장보기를 아우르는 말이다. '쇼핑하는 여자'는 장 보는 여자이기도 하다. 장 보는 여자도 장 보는 행위로 혐오를 사나? 혹은 '쇼핑'을 할 때나 그런가?

지갑이 있고 주머니가 깊다고 해서 무절제한 과소비로 이어진다고 생각하는 습관은 남자가 여자 손에 지갑을 쥐어 주던 때의 잔재 아닌가?

주머니가 있는 것도, 주머니에 넣을 것이 있는 것도 남편이다.

내 것이라고 부를 방도 내 것이라고 부를 주머니를 확보해야 가능하다.

매무새만큼이나 내—'공적'—기능도 중시하여 이것저것 챙겨 넣기 좋은 넉넉한 호주머니 여럿 갖춘 옷을 확보해야 가능하다.[3]

3 Rachel Lubitz, "The Weird, Complicated, Sexist History of Pockets", *Mic*, Feb. 20, 2016(요약 번역은 「'주머니'의 역사와 여성용 옷에 숨어 있는 성차별」, 『뉴스 페퍼민트』, 2016년 3월 4일, http://newspeppermint.com/2016/03/03/pocketsexism 참조).

방 짓기

조애나 월시의 단편 「벤티밀리아」Ventimiglia에서 '나'는 디올 립스틱을 새로 산다. 그러고 '당신'과 이메일로 다툰다. 세상을 바꾸겠다며 웬 사치냐는 당신의 비아냥에 나는 디올 립스틱이 다른 립스틱보다 크게 더 비싸지 않으면서도 제품 하나 하나의 색상에 들이는 심혈 덕에 유난히 더 아름답다고 설명한다.

> 디올 립스틱으로 혁명을 이룰 수 있으리라는 게 내 말의 요지였다면 당신은 그것이 불가능하다고 했다.
> 그 당시 나는 비 내리는 텐트 도시에서 혁명을 이루고자 디올 립스틱을 바르고 일하고 있었던 반면에 당신은 집에서, 혹은 해외에서 혁명을 위한 일이 아닌 일을, 적어도 직접적으로 혁명에 이바지하지는 않는 일을 하고 있었으나 그런 당신은 디올 립스틱을 사용하지는 않았으니 이는 혁명적인 제스처였을 수도 있고 아니었을 수도 있다.
> 아름다운 걸 만드는 내 지인들은 돈을 보고 일하지 않아, 내가 말했다. 그이들은 다만 아름다운 것들을 만들고 싶어 할 뿐이지.
> 아름다운 것을 만들 필요가 뭐 있느냐고? 난 당신의 말을 '세상살이 흠점을 트집 잡고 다니는 걸로도 바쁠 판에 뭣 하러 립스틱 생각에 시간을 허비하느냐'는 뜻으로 이해했다. 아름다움은 쉽게 눈에 보이고 그러므로 만들기도 손쉬우리라는 생각, 그렇다면 그 손쉬운 정도에 비례해 진실보다는 허위에 가까우리라는,
> 야근을 해 가며 한가스런 모습을 완성시키는 잡지 속 여자들

만큼이나 허상에 불과하리라는 생각. 당신은 진실이 추하다고 믿은 걸까? (월시, 「벤티밀리아」, 『그랜타』 126호 온라인판)

아름다움과 "세상살이"는 서로 동떨어진 것인가? 짓기를 수반한다는 점에서 매일 행해지는 집일과 연관돼 있는 것은 아닐까?

집은 기예다, 나뭇결을 볼 줄 아는 게 기예고 나무판자를 잘라 침대를 만드는 게 기예듯. 대다수 사람이 지닌 기예가 바로 집이다. (월시, 『호텔』)

건축함[짓기]이란 근원적으로는 거주함을 의미한다.……'있음'bin은 고대어의 건축함bauen에 귀속하는바, 그 고대어는 다음처럼 답한다. '나는 있다'ich bin 혹은 '너는 있다'du bist라는 것은 나는 거주한다 혹은 너는 거주한다를 의미한다. 네가 있고 내가 있는 그 양식, 즉 우리 인간이 지상에, 즉 이 땅 위에 있는 그 방식은 Buan, 즉 거주함이다. 인간으로 있음이 의미하는 바는 죽을 자로서 이 땅 위에 있음, 즉 거주함이다. (마르틴 하이데거, 이기상·신상희·박찬국 옮김, 「건축함 거주함 사유함」, 『강연과 논문』)

거주는 무언가를 짓겠다는 최소한의 의도를 그 안 어딘가에 숨기고 있다. (월시, 『호텔』)

그런데 살림이라는 짓기, 사사로운 영역이라는 집 안의 일은

'나는 있다'고 말할 수 있는 이, 즉 거주하는 인간 모두의 기예로 받아들여지기보다는 특정된 테두리 안에서 벌어지는 일로, 그리고 그러할 때만 유용한 행위로 간주돼 왔다. 예술도 기예도 짓기도 아니며 결코 보편적이지 않은 소꿉놀이의 연장으로.

그러나 이에 반하여 작업해 온 이들, 묵묵히 여러 형태로 일하고 지어 온 이들은 예컨대 다음과 같이 말한다.

> 여자들이 '사사로운' 올가미에 잡혀 '보편적인' 예술을 만드는 데 실패해 왔다면, '사적인' 걸 보편화해서 우리 예술의 주제로 삼으면 안 되려나? (크리스 크라우스, 『아이 러브 딕』*I Love Dick*)

> 나는 어머니의 폭력, 애정 과잉, 꾸지람을 성격의 개인적 특색으로 보지 않고 어머니의 개인사, 사회적 신분과 연결해 보려고 한다.…… 그녀는 장사를 하는 어머니였다. 그러니까, 그녀는 우선적으로 우리를 "먹고살게 해 주는" 손님들 차지였다.…… 그녀는 고객을 대하는 얼굴과 우리를 대하는 얼굴, 두 개의 얼굴을 갖고 있었다. 문간의 종이 울리기만 하면 연기를 시작했다. 만면에 미소를 띠고 참을성 있는 목소리로 으레 그러듯, 건강, 아이들, 채마밭에 대해 질문했다. 다시 부엌으로 들어올 때면 미소는 싹 사라졌고, "딴 데서 조금 덜 비싼 곳을 찾아낸다면" 언제라도 자신을 떠나리라고 의심하는 사람들을 위해 자신의 역할을 다하느라 기진맥진해서, 그리고 그런 사람들에게 그토록 많은 노력을 기울여야 하니 씁쓸함과 환희가 갈마들어, 잠시 아무 말도 하지 않고 가만히 있었다. 사

람들이 전부 알아보는 어머니, 요컨대 그녀는 공인이었다. (아니 에르노, 정혜용 옮김, 『한 여자』)

페미니스트란 자전 작가, 자기를 주제로 하는 예술가다. 공과 사 사이의 접점으로 역할한다는 점에서 이는 여성이 언제고 해 온 역할과 다를 바 없다만, 페미니스트는 이를 역으로 행한다. 페미니스트는 달래지 않는다. 반발하지. 페미니스트는 겉과 속이 뒤집힌 여자다. (레이철 커스크, 『여파』*Aftermath*)

일인칭으로 글을 쓰는 것은 열등한 작법이라고 남자인 작가들이 말하는 걸 난 들어 봤다.……여자들의 글이란 개인적인 것과 근접하기에 "불행히도 취약해진다"고 이야기하는 것을 들었다. 혼자 제 잉크 통 혹은 파워북과 맞대고 앉아 있는 순간에조차 몸 어딘가에, 그게 목일지 발일지 다른 어딜지는 나도 모르겠는데 하여간 어딘가에 남자들의 의견이 기웃거리고 있다는 걸 아는 여자인 작가가 내가 처음은 아닐 테다.……남자는 제 눈에 보이는 대로 '나'라고 쓰고, 그리 씀으로써 눈에 보인다. 관계가 명확하다. 여자는 '나'라고 쓸 때 봄과 보임을 조화시켜야 하며 일인칭을 제 용도에 맞게 치환하는 과제부터 해결해야 한다. 여자, 보이는 대상인 그가 어떻게 보고 보이는 존재인 저 자신을 직시할 것인가? 여자는 문장을 시작하면서 동일한 권위를 누릴 수가 없다. (드루실라 모드에스카, 『과수원』*The Orchard*)

내 생각에 현대 여성 예술에 있어 '프라이버시'란 1960년대 남성 예술과 문학에 있어 '외설'obscenity에 상응한다.……여성의 고백이 회개와 치유의 서사란 테두리 안에서 이루어질 경우에는 고백 자체에 문제가 제기되지 않는다. 그러나 감정에 치우치지 않고 그를 살피는 것, 제 머리 밖으로 경험을 끄집어내 식탁에 늘어놓는 것은 여전히 지나치게 전투적인 태도로 받아들여진다. (크라우스, 『비디오 그린』*Video Green*)

"저 이름 자자한 여성의 감정 내부를 묘사하는 것"……보내지 않은 편지들이 간직된 책상 서랍 안쪽의 그 내부, 혹은 읽히지 않은 편지를 담은 봉투 속과 매한가지인 그 내부를. (엘리자베스 검포트, 「여성 트러블」Female Trouble, 『n+1』 13호)

글짓기

내가 아는 게 정확히 뭔지 난 모른다. 내가 정확히 무얼 쓰려는 건지 난 모른다. (월시, 『호텔』)

(떨지 않았는데, 입술이 지그시 떨렸다. 입술이 떨린다는 건 무언가 할 말이 많다는 것. 참았던 말을 토할 때 우리가 토하는 것은 참았던 시간. 나는 문득 십 년 치를 토한다.) (김효나, 「이사」, 『2인용 독백』)

내 작업을, 내 글을 어떻게 세상에 내놓아야 하는 건지 난 알지 못했다. 오렌지를 까듯 창문을 열어젖힐 방법을 알지 못했다. 외려 창문이 도끼처럼 내 혀 위에 내리꽂힌 형국이었다.

이게 내 현실이 될 것이라면, 이걸 갖고서 내가 뭘 어찌 해야 할지 알 수가 없었다. (데버라 리비, 『알고 싶지 않은 것들』*Things I Don't Want to Know*)

한때 호텔이 생활인 삶을 열망했던 적이 있다. 이는 여행이 삶인 생활에 대한 열망이었을 수도 있고, 매일같이 백지로 되돌려지기에 하루하루 새로운 시작을 보장해 주는 쾌적하고 정갈하며 어질러 놓은들 어김없이 재정돈되는 객실의 가능성이 곧 나의 무한한 가능성을 대변하리라는 기대에서 비롯된 갈망이었을 수도 있다.

내 집이라고 부를 공간이 생기고(물론 어디까지나 내 의사와 무관한 임시 거처다) 집을 어떻게든 꾸려 나가게 되면서 호텔에 두었던 미련은 대부분 사그라졌다. 어느 한구석으로 물린 듯하다.

호텔 대신 내 방이 생겼다.

호텔의 최대 매력을 지금에 와서 설명해 보라면 희고 단정한 침대가 있는 방의 고즈넉한 이미지가 가장 먼저 떠오른다. 이를 설명하려면 이미지를 말로 옮길 방법을 고민해야 한다. 하지만 말로 옮겨야 한다는 점에서 어쩌면 호텔에 애초 매료된 이유를 배반하는 일인지도 모르겠다. 내가 흠모했던 건 호텔의 빈 상태, 흔적이 남지 않기에 뭐든 가능할 것 같은 그 '순결한' '백색'이었으니까(호텔에서는 나 또한 이상적인가?).

착오다.

내 방은 결코 정갈하지 않으며 끊임없이 품을 요한다. 더욱이 이곳은 '바깥' 일터까지 겸한 복잡한 공간이다. 경계가 모호한 가운데 집일과 일일이 자주 부대끼고 겨루는 곳. 흔적이 남는다. 그 흔적이 얼마만큼 폼나게 남고 있는지 살필 겨를이 항상 있는 것도 아니다.

그러고 보면 호텔에 대한 애틋한 감상이 물러난 데는 생활 여건도 한몫했다. 다만 생활 여건이 내 경우에는 진로에 펼쳐진 풍광과 따로 뗄 수 없는 자연 여건인 양 영 굳건하다. 고즈넉한 호텔 방과 그만큼 숭고하게 다가오는 호텔 욕실은(착오다) 내 주머니 사정과 화폐 가치가 허락할 때나 내게로 온다. 그 이외의 경우에는 없느니만 못하다.

그래도 나는 간간이 사진으로 이러한 공간들을 들여다본다. 그리고 그보다 흔하게 글로 그리한다. 글로 방의 윤곽들을 가늠해 본다. 내가 글로 세상의 호텔/방을 틈틈이 기웃대 왔음을 이 책을 옮겨 쓰고 또한 에세이라는 이 글을 시도essai하면서 깨달았다. 그렇기에, 어쩔 수 없이, 이 에세이는 다른 글을 읽고 인용하고 옮겨 가며 쓴 파편들로 이루어진, 내 징검다리 방들의 일시적인 모음이다(“나는 이 단어와 다음 단어 사이에 걸쳐진 채 추락하고 있어, 깨어지고 있어.” 앨리 스미스, 이예원 옮김, 『호텔 월드』).

그때 그리던 부동하는 생활에 대한 갈망이 어디 간 것은 아닐 테다. 호텔, 심지어는 여행이라는 특정 형태를 띠지는 않게 되었지만, 조금은 다른 형태로 그 갈망을 일을 통해 좇게 되었는지도 모른다. 혹은 이 일을 하면서 호텔에 덜 집착하게 된 거려나.

증상은 욕망의 달걀 껍데기다, 라고 조애나 월시는 이 책에서 쓰고 있다.

내가 지금껏 번역해 읽고 번역해 써 온 글 위에는 달걀 껍데기가 얼마만큼 널려 있으려나.

방 잇기

이 주 후, 그녀는 노인병 전문 센터로 옮겨졌다. 병원 뒤, 숲 한가운데에 서 있는 삼 층짜리 건물로, 현대적이고 아담했다. 노인들은 대부분 여자들로 다음과 같이 나뉘었다. 일 층에는 일시적으로 머무르는 사람들, 이 층과 삼 층에는 사망할 때까지 머무를 권리가 있는 사람들. 거동이 불편한 사람들과 지적 장애가 있는 사람들이 주로 삼 층에 배정된다. 둘 혹은 혼자서 사용하는 병실들은 환하고 정갈하며, 꽃무늬 벽지가 발려 있고, 벽에 판화들과 괘종시계가 걸려 있으며, 인조가죽 안락의자들이 놓여 있고, 화장실이 있었다. (에르노, 정혜용 옮김, 『한 여자』)

캐서린 맨스필드가 호텔을 메우고도 남을 자아들에 대해 쓰길: "나 자신에게 참되라고! 어느 자신? 내 하고많은, 그래, 따져보면 수백에 달하는 것으로 보이는 나. 콤플렉스니 억제니 반응이니 공명이니 반영과 투영을 염두하면 종종 내가 옹고집인 손님들 이름을 받아 적고 열쇠를 건네느라 혼자 애면글면하는 주인 없는 호텔의 작은 사원에 불과한 느낌인걸." (『캐서린 맨스필드 작가 노트』 2권, 앨리 스미스, 『예술책』*Artful*에서 재인용)

주차장에서 바라본 건물은 보다 환하고, 거의 안락해 보였다. 어머니가 있던 방의 창문에는 불이 켜져 있었다. '어머니가 있던 곳에 누군가 다른 사람이 있구나.' 처음으로 깜짝 놀라며 해 본 생각이었다. 21세기의 언젠가, 내가 이곳이든 혹은 다른 곳에서든 냅킨을 폈다 접었다 하면서 저녁 식사를 기다리고 있는 그 여자들 가운데 한 명이 되리라는 생각도 들었다. (에르노, 정혜용 옮김, 『한 여자』)

난 이곳 객실들을 누비며 사랑과 잠의 흔적으로 뒤엉킨 침대와 재단장을 마치고 제 품으로 미끄러져 들어올 몸뚱이를 기다리는 침대들을 구경해. 반듯이 접어 내린 이불귀와 서걱대는 침대보. 마치 침대가 반가운 입을 벌려 "안녕, 어서 들어와, 곧 잠들 시간이야" 하고 말하는 것 같아. 참 매력적이야. 매일 밤 호텔 방방이서 기꺼이 입을 벌리고, 홀로 혹은 함께 잠자리에 드는 몸들을 맞이하는 침대. 그러면 뛰는 심장을 가슴에 보듬은 수많은 사람이 다른 이들이 비우고 떠난 자리에 다시 제 몸을 뉘지. 몇 시간 전까지 같은 자리를 체온으로 훈훈히 덥혔던, 그러나 그 후 어디로 뿔뿔이 흩어졌을지는 하늘만이 알 그들 선임자들의 자취 위로. (스미스, 이예원 옮김, 『호텔 월드』)

원주

1 _ 호텔 유령

1 Søren Kierkegaard, *Repetition and Philosophical Crumbs*, trans. Piety (Oxford, UK: Oxford University Press, 2009), p.5[「반복: 실험적 심리학의 시도」,『공포와 전율 / 반복』, 임춘갑 옮김, 다산글방, 2007, 235쪽].

* 바네겜 인용문은 모두 Raoul Vaneigem, *The Revolution of Everyday Life*, trans. Donald Nicholson-Smith (Norfolk, UK: Rebel Press, 2006), p. 30 [『일상생활의 혁명』, 주형일 옮김, 이후, 2006, 34쪽].

2 _ 호텔 프로이트

1 *The Register News* (Mt. Vernon, IL), October 25, 1949.

2 그렇지 않다.

* 재닛 맬컴 인용문 출처는 모두 Janet Malcolm, *The Impossible Profession* (London, UK: Picador, 1988)이며, 프로이트 인용문 출처는 개별적으로 명시된 경우를 제외하고는 모두 Sigmund Freud, *Psychology of Love* (London, UK: Penguin, 2006)이다.

3 _ 결혼 엽서

1 Freud, *The Penguin Freud Reader* (London, UK: Penguin, 2006), p. 462 [「도라의 히스테리 분석」,『꼬마 한스와 도라: 프로이트 전집 8』, 김재혁·권세훈 옮김, 열린책들, 2003, 225쪽].

4 _ 홈텔

1 Freud, *Complete Works*, trans. James Strachey, vol. 7 (London, UK: Vintage, 1953)[「도라의 히스테리 분석」,『꼬마 한스와 도라』, 274쪽]

2 http://www.etymonline.com/index.php?term=dwell.

3 Homer, *Odyssey*, Book 19, trans. A. T. Murray (Cambridge, MA: Harvard University Press, 1919) [『오뒷세이아』, 천병희 옮김, 숲, 2006, 416쪽].

* 하이데거 인용문 출처는 모두 Martin Heidegger, "Building Dwelling Thinking", in *Poetry, Language, Thought* (London, UK: HarperCollins, 1971)[「건축함 거주함 사유함」, 『강연과 논문』, 이기상·신상희·박찬국 옮김, 이학사, 2008, 208~209쪽].

5 _ 호텔 일기

1 Michel Foucault, *Birth of the Clinic* (London, UK: Routledge, 2003), p. 4[지은이는 영문판을 인용하고 있으나 몇몇 핵심 단어(예컨대 '발열'과 '질병' 그리고 '역사적' 요인으로 언급되는 네 가지)를 부연 없이 다른 단어들로 교체하고 있다. 인용문 출처를 밝히면서 영어판의 옮긴이 이름(Alan M. Sheridan)을 싣지 않은 것도 이런 이유에서인 듯하다. 아래 영어 원문에서 윌시가 사용한 단어와 영문판 푸코의 저서에 쓰인 (중괄호 안) 단어를 비교할 수 있다. "In this homogeneous space series are broken and time abolished: a local pleasure{inflammation} is merely the ideal juxtaposition of its historical elements(delicious, luxurious, soft, thick{redness, tumour, heat, pain}) without their network of reciprocal determinations or their temporal intersection being involved. Luxury{Disease} is perceived fundamentally in a space of projection without depth, of coincidence without development. There is only one plane and one moment"].

2 인터넷에 널리 퍼져 있는 인용문이지만 나는 이의 확인된 출처를 찾지 못했다. 이 역시 허구일지 모르겠다.

3 Freud, *The Interpretation of Dreams, Complete Works*, trans. James Strachey, vol. 4 (London, UK: Vintage, 1955), p. 844[『꿈의 해석: 프로이트 전집 4』, 김인순 옮김, 열린책들, 2003, 458쪽].

4 Phillip Reiff, "Introduction", Freud, *Dora, An Analysis of a Case of Hysteria* (New York, USA: Touchstone Books, 1977), p. vii에서 재인용.

5 Freud, "The Uncanny", *Complete Works*, trans. James Strachey, vol. 17 (London, UK: Vintage, 1955), p. 248[「두려운 낯설음」, 『예술, 문학, 정신분석: 프로이트 전집 14』, 정장진 옮김, 열린책들, 2003, 445쪽].

6 _ 『독일 하숙에서』

1 Simon Louvish, *Mae West: It Ain't No Sin* (New York: Macmillan, 2006), pp. 350~351.

2 역시나 출처가 불분명하나 메이 웨스트가 했다고 전해지는 말.

3 http://thestir.cafemom.com/pregnancy/162567/every_woman_deserves_a_swanky.

4 http://www.mommyish.com/2013/10/13/couple-gives-birth-in-hotel-room/.
5 Freud, "A Case of Hysteria", *Complete Works*, trans. James Strachey, vol. 7 (London, Uk: Vintage, 1955), p. 90[「도라의 히스테리 분석」, 『꼬마 한스와 도라』, 280쪽].
6 Freud, "Inhibitions, Symptoms and Anxiety", *Complete Works*, trans. James Strachey, vol. 20 (London, UK: Vintage, 1959), p. 91[「억압, 증상 그리고 불안」, 『정신 병리학의 문제들: 프로이트 전집 10』, 황보석 옮김, 열린책들, 212쪽].
7 Freud, *The Interpretation of Dreams*, *Complete Works*, trans. James Strachey, vol. 5 (London, UK: Vintage, 1955), p. 17[『꿈의 해석』, 422쪽].
8 프로이트의 편지, Eran J. Rolnik, *Freud in Zion: Psychoanalysis and the Making of Modern Jewish Identity* (London, UK: Karnac Books, 2012), p. 141에서 재인용.
9 Denise Riley, *Impersonal Passion, Language as Affect* (Durham, NC: Duke University Press, 2005), p. 51.
* 캐서린 맨스필드 인용문 출처는 모두 Katherine Mansfield, *Collected Stories* (London, UK: Penguin, 1981), 오스카 와일드 인용문 출처는 모두 Oscar Wilde, *The Importance of Being Earnest* (London, UK: Methuen, 1981).

7 _ 호텔 막스 (브러더스)

1 https://www.nuh.nhs.uk/patients-and-visitors/hospital-hotel/ (영국 노팅엄대학병원 호텔).
2 이하 오스카 와일드 인용들은 그 진위를 확인할 길이 없다.
3 Charlotte Chandler, *Hello, I Must Be Going: Groucho and His Friends* (London, UK: Sphere Books, 1987).
* 오스카 와일드 인용문 출처는 모두 Oscar Wilde, *The Importance of Being Earnest* (London, UK: Methuen, 1981)이며, 「룸서비스」에서 인용한 구절은 모두 내가 영화에서 받아 적은 대사이다.

9 _ 호텔 막스

* 「그랜드 호텔」에서 인용한 구절은 모두 내가 영화에서 받아 적은 대사이다.

찾아보기